용병 생활백서

용병생활백서 8

초판 1쇄 인쇄일 2016년 9월 8일 | **초판 1쇄 발행일** 2016년 9월 10일

지은이 주작 | **펴낸이** 곽동현 | **담당편집 팀장** 이범수
편집부 신연제 이윤아 홍현주 김유진 임지혜

펴낸곳 (주) 조은세상 | 출판등록 제 2002-23호
주소 경기도 연천군 미산면 청정로 1355
TEL 편집부 02)587-2966 | FAX 02)587-2922
e-mail bukdu@comics21c.co.kr

ISBN 979-11-5832-654-8 | ISBN 979-11-5832-500-8(set) | 값 8,000원

※잘못 만들어진 책은 바꿔 드립니다.
※저자와의 협의에 의해 인지는 생략합니다.

주작 판타지 장편소설

NEO FANTASY STORY & ADVENTURE

용병생활백서

傭兵生活白書

CONTENTS

용병생활백서

1. 일인군단!

1. 일인군단!

전쟁이었다.

그것도 무려 대륙 전역에 걸쳐 일어난 전쟁의 흐름이었으나, 누구하나 이상하게 생각하는 이들은 없었다.

갑작스럽기는 했으나, 그 전쟁의 대상들은 이전부터 나름 흉흉한 분위기를 형성하고 있던 이들이었고, 거기에 더해 각 대륙의 전쟁이 동시라고 하기보다는 순차적으로 발생했던 영향도 제법 컸다.

뿐만 아니라 암전에서 적극적으로 정보들을 조작하고 또 통제를 한데다가, 정신없이 들려오는 전쟁소식의 위협으로 인해 그 같은 의심을 할 틈이 없기도 했다.

최근 들어 레드문과의 정보전에서 몇 차례 뒷북을 치는

경향이 있기는 했지만, 애초에 암전 역시도 대륙에서 손꼽히는 정보력을 지닌 단체였다.

레드문과의 정보전은 언제나 그렇듯, 누가 먼저 선수를 치느냐에 따라 승패가 갈리는 경우가 많았다.

이번에는 앞서의 흐름과 달리, 그들 암전에서 각본 및 연출까지 전부 담당했던 만큼, 한 발 늦은 레드문이 그 소문의 흐름을 제대로 통제하기가 어려울 수밖에 없었다.

물론, 오래지 않아 따라잡고 적절한 조율실력을 보여주기는 하겠지만, 이미 그 즈음에는 암전이 바라는 최소한의 분위기 정도는 형성되었을 터였다.

이 갑작스런 전쟁은 여러 가지 의도를 품고 있었다.

일단, 그 첫 번째는 앞서도 언급되었던 소문의 통제였다.

[사신을 향한 시선 지우기!]

그 같은 이목들을 걷어주는 것만으로도 티브릭샨 왕국은 한결 부담 없이, 숨겨놓았던 날카로운 이빨과 발톱을 드러낼 수 있을 것이다.

이를 통해서 칠성좌와 다른 뿌리의 일원들은 티브릭샨에 최소한의 예의는 지켰다고 볼 수 있었고, 거기에 더해 전쟁이라는 흐름을 통해 적절한 명분도 세울 수 있었다.

그리고 두 번째,

[망자!]

본격적으로 그들의 병기를 세상에 내보이는 것이다.

비록 국지전의 흐름으로 이어지고 있을 뿐이지만, 전쟁은 전쟁이었다. 은연중에 피해가 쌓여가고 있는 것이다.

이 같은 상황을 통해 그간 단편적으로만 보여줬던 망자들의 능력을 제대로 드러내고자 했다.

암전의 꾸준한 계획 아래, 각국의 수뇌부들은 망자에 대한 정보를 조금씩은 입수하고 있을 터였다.

이 국지전에 망자를 투입시키는 것으로, 전장의 상황이 어찌 변하는가를 선보이며, 각국 고위인사들의 이목을 집중시키는 한편, 이를 통해서 본격적으로 '장사'를 시작할 생각이었다.

물론, 그 장사의 중심은 뿌리의 일원들로 이뤄질 것이나, 꼭 그들이 아니더라도 관심을 보이는 각국 인사들 역시도 한 발씩 걸치게 될 터였다.

마지막으로 세 번째,

지금 이대로 전쟁의 흐름을 유지하는 한편, 본격적으로 그들의 계획을 가동하는 것이다.

"그동안 평화가 너무 길었지."

분명, 전쟁은 끊임없이 이어져왔고, 적잖은 피바람이 불기도 했다. 하지만 대륙 전역을 들끓게 할 만한 전쟁은 언제였고, 한 나라의 역사가 사라져버릴 정도의 전쟁이 발생한 건 또 언제였던가.

반백년이 넘어가는 시간동안 그런 규모의 대전쟁은 발생한 적이 없었다.

"피바람 정도로는 부족해."

지금의 전쟁을 국지전 정도에서 끝낼 생각은 없었다.

"적어도 폭풍우 정도는 쳐줘야지."

새로운 규칙과 흐름이 세워지기 위해서라도 그 정도의 충격요법은 필수였다.

"슬슬 왕국의 숫자를 좀 줄일 때도 됐지."

미뤄왔던 계획이 첫 출발을 알리려는 순간이었다.

사신 그리고 마왕!

또는 용병왕이라 불리는 존재의 우선순위가 뒤로 밀려나는 찰나이기도 했다.

초월자?

대단하기는 하나 기껏해야 '한 사람'의 일이었다.

왕국 그리고 대륙을 무대로 펼쳐지는 사건과 사고 그리고 계획에 비한다면야, 중요도가 떨어질 수밖에 없는 것이다.

게다가 나름 이목을 거둬들인 만큼, 티브릭샨에서 해결할 수 있을 거란 믿음도 있었다.

물론, 그 과정에서 그들의 희생이 어느 정도일지는 중요치 않았다. 오히려 많으면 많을수록 좋은 신호였다.

칠성좌의 나머지 다섯은 은연중에 생각을 공유하며, 조용히 서 대륙에 대한 관심을 끊었다.

그리고 이 무렵,

티브릭샨에서는 생각지도 못한 사건이 발생하고 있었다.

❖ ✣ ❖

"미… 미친!"

언제나 침묵을 금처럼 아끼고 언어사용에 있어서 절제를 중시해야 한다고 교육받았지만, 이 순간만큼은 그 모든 원칙을 잊어버리기라도 한 듯, 욕지거리가 폭발하듯 터져 나왔다.

당연한 반응이었다.

'설마설마 했더니… 저 미친놈이 정말… 저지를 줄이야.'

암전의 정보원인 '드리프 에일'은 아직도 충격에서 헤어나오지 못한 표정으로 저 멀리 보이는 성문의 풍경을 바라봤다.

분명, 저 멀리 '리브드릴' 백작령에 있다고 알려진 에던운트가 갑자기 이곳 수도에 나타났을 때, 그를 비롯한 요원들은 적잖게 당황해야만 했다.

하지만 더욱 당혹스러운 건, 그 이후의 행동이었다.

마치 스스로를 드러내는 것처럼 너른 장소에서 그들 요원들의 이목이 집중될 때까지 기다리더니, 잠시의 시간을 더 허락한 뒤 대뜸 닫혀있는 성문으로 향하는 것이 아닌가.

그 즈음에 몇몇 요원들은 '설마' 하는 예감을 받았다

뒤이어 검을 뽑아들었을 때, 나머지 요원들도 '설마' 하는 생각을 품었다

애써 이를 부정하고 고개를 젓고 있을 때, 설마하던 예감이 '맙소사' 하는 탄성과 함께 현실이 되어버렸다.

꽈르르릉!

천둥이 치고,

쿠르르르르르…

성문이 무너졌다.

"미친 거야!"

그 외에는 떠오르는 단어가 없었다.

혼자서 당당히 성문을 부수고 쳐들어간다?

제정신으로는 할 행동이 아니었다.

먼지가 흩날리는 성문 너머로 에던의 뒷모습이 보였다.

그야말로 비상 상황이었다.

❖ ✣ ❖

성문을 넘었을 때, 당장 막으러 달려오는 이들은 없었다. 이곳 수도의 경비대 역시도 당황한 까닭이었다.

어느 누가 있어서 저 거대한 성문을 단 일격에 박살낼 수 있겠는가.

상상도 못한 일이었고, 상상하기도 싫은 상황이었다.

지금 같은 결과를 내기 위해서는 어지간한 실력자가 아니고서는 불가능했다.

[초월자!]

점차적으로 정신을 차려가는 경비대의 머릿속으로 공통적으로 떠오르는 단어였다.

그 외에는 이런 파괴력을 보여주는 게 불가능하다 여긴 것이다.

아니, 그들조차도 이런 파괴력이 가능할거란 생각은 하지 못했다. 할 수 없었다.

애초에 성문을 세울 때, 그러한 부분들도 함께 염두에 둔 채 지어지는 까닭이었다.

게다가 그 방어력의 대상이 되는 건, 일반적인 초월자도 아닌 무려 마도의 영역에 오른 '대마도사' 라는 파괴의 상징이었다.

진정으로 상상조차 할 수 없던 상황이었다.

때문에 의심해야만 했다.

'마법사인가?'

의심할 수밖에 없었다.

검을 들었으나 그게 속임수일지도 몰랐다. 혹은 저 검 자체가 마도구일거란 상상력도 발휘되었다.

'겉보기에는 볼품없어 보이지만… 드래곤의 유물일지도 몰라.'

저 비현실적인 광경 앞에서 그들의 상상력은 무궁하게 뻗어나갔다.

하지만 상념의 바다에 너무 깊이 빠져들 수는 없었다. 그들은 이곳 수도의 성문을 지키는 경비대였다. 성문 인근의 사건에 대처하는 건 그들의 역할이었다.

저 파괴적인 광경으로 인해 마주하기는 싫지만, 그럼에도 불구하고 맡은바 임무를 다하기 위해서라도 그들은 움직일 수밖에 없었다.

창을 들고 방패를 세우고 검을 뽑았다. 활을 잡고 시위를 당겼다. 갑작스러운 상황이었지만, 지금부터 이곳은 전장이었다.

"웬 놈이냐? 감히 대 티브릭샨 왕국의 수도에서 행패라니, 정체를 밝혀라!"

수도 경비대의 대장인 '세틀 라바운' 남작이 성난 외침과 함께 에던의 앞을 막아섰다. 느긋이 걸음을 옮겨가던 에던이 어깨를 으쓱이며 답했다.

"밝힐 거면 얼굴을 가렸겠니?"

그 말처럼 어느새 에던의 얼굴에는 얇은 천이 씌워져 있었다.

이는 암전의 요원들에게 모습을 드러내고, 그들이 움직이는 걸 확인한 뒤에 씌운 것으로써, 제대로 행패를 부리기 위한 최소한의 안전장치였다.

짧은 대답과 함께 에던이 전진을 시작했고, 그에 호응하듯 앞을 막아서던 경비대는 일제히 뒤로 물러났다.

경비대장인 세틀 역시도 그 무리에 포함되어 있었고, 발바닥에 땀나듯 물러나는 본인의 모습이 민망했던지, 결국 해서는 안 될 선택을 해버렸다.

서걱!

검광이 번뜩이고 핏물이 튀었다.

뒷걸음질을 치던 경비대원 한명이 그의 검에 무너져 내렸다. 숨은 붙어있었으나 바삐 치료하지 않는다면 생명이 위험할지도 모를 그런 심각한 부상이었다.

"침입자를 앞에 두고 이 무슨 부끄러운 추태더냐! 대 티브릭샨의 얼굴이라 할 수 있는 놈들이 이리 패기 없는 모습이라니. 당장 저 패악… 컥!"

성난 외침과 함께 경비대의 등을 떠밀던 그는 생각보다 빠르게 선택의 결과를 마주해야만 했다.

'어느… 틈에?'

숨이 막힌다 싶더니 신형이 떠올랐다. 성문을 박살냈던 사내가 바람처럼 다가와 그의 목을 움켜쥔 채 그대로 들어올린 것이다.

그 괴력에 기겁해야만 했다.

"커… 커컥… 컥…."

점차적으로 죄여오는 목의 압박감에 숨이 턱턱 막혀들며 정신이 흩어져갔다.

"암전을 아나?"

동공이 풀리기 전, 환청마냥 들려온 물음에 정신이 번쩍 들었다. 눈앞의 사내가 누구인지 깨달은 것이다.

저 믿을 수 없는 파괴력과 더불어, 암전에 대해 물으며 전해지던 적대감까지. 이 부분에서 떠오르는 사내가 있었다.

'…인세의 마왕!'

에던은 세틀의 눈빛이 변하는 걸 보며 예감이 맞았다는 걸 깨달았다.

사실, 그저 찍어서 맞춘 건 아니었다.

성문을 박살내던 순간, 이미 마경을 열어두었고 궤적의 세상이 눈앞에 펼쳐지고 있었다.

그런 그의 시야에서 세틀은 조금 남다른 궤적을 지니고 있었고, 왠지 모르게 익숙한 그 풍경 속에서 한 눈에 망자들과 관계가 있음을 알았다.

세틀이 에던을 한눈에 알아보지 못한 건 별다른 이유가 없었다. 그가 비록 암전과 관계가 있고, 망자탈혼의 실험에 한 발 걸치고 있다지만, 암전보다는 티브릭샨 왕국의 일원으로써 생활하며 활동하는 까닭이었다.

망자탈혼의 실험이 암전의 뿌리에 닿은 연구라고는 하나, 그는 암전이나 뿌리의 일원이 아닌, 말 그대로 '실험체' 로써 참여했을 뿐이었다.

물론, 그의 가문이나 위치로 인해 그 생명이 위험해지는 수준까지는 아니었다.

게다가 에던을 알아본 암전 정보원들은 성문 경비대가 아닌, 더 깊은 곳으로 향한 까닭에, 외곽 측에는 에던에 대한 정보가 아직 전해지지 않은 상황이었다.

어찌 되었건 암전과 관계를 맺고 있다는 건 분명한 사실이기도 했던 까닭에, 에던의 물음에 일순 말문이 막힐 수밖에 없었다.

물론, 에던에게 목을 잡혀있어서 말을 하기가 어려운 이유도 컸다.

푸욱…

일순간 아찔한 통증이 밀려들더니, 그의 얼굴에서 순식간에 핏기가 가시기 시작했다.

"까불면 뒈지는 거야."

그 서늘한 한마디를 끝으로 시야 가득 어둠이 내려앉았다.

에던은 너부러진 죽음의 잔재 속에서, 검에 묻은 핏물을 털어내고는 다시금 전진을 시작했다.

마치 약속이나 한 듯 거리를 벌리는 경비대의 모습이 보였다. 한 차례 보여준 그의 바람 같은 움직임은 박살나버린 성문을 다시금 떠올리게 만들기에 충분한 것이었고, 그 와중에 피어난 죽음의 향은 두려움을 공포로 끌어올리기에 합당한 요소였다.

사실, 여기에는 작은 비밀이 숨겨져 있었다.

[사자검!]

그 생사를 가르는 심판의 검이 은밀히 죽음의 기운을 흩뿌리고 있는 까닭이었다.

말 그대로 옅게 흘려보내고 있을 뿐이지만, 상황과 분위기로 인해 병사들이 공포에 취하도록 만들기에는 충분했다.

하지만 그럼에도 불구하고 심지가 굳어, 공포심을 이겨내며 그를 향해 날을 세우는 병사들은 있었다.

툭, 탁!

물론, 상대가 된다는 의미는 아니었다.

에던의 가벼운 몸짓과 손짓만으로 그들은 바닥을 뒹굴어야만 했다. 죽은 듯 미동이 없지만, 그저 기절만 시켰을 뿐이었다.

그가 비록 한 나라의 수도에 시비를 걸고 있다지만, 그 주된 목적은 암전이라는 단체에 있었다.

거기에 관련되지 않은 일반 병사들마저 그 대상이 되어서는 안 된다고 여겼다.

앞서 세틀의 경우도 그와 같았다.

그에게서 암전의 흔적을 읽지 않았더라면, 일말의 자비 정도는 베풀었을지도 몰랐다.

물론, 그가 보여줬던 행동이 성질을 긁었던 걸 생각해 봤을 때, 아주 낮은 확률의 희미하고도 희박한 가능성일 뿐이었다.

"그나저나 언제쯤 오는 거야?"

현재 대치하고 있는 이들은 성문 경비대였지만, 에던은 그들에게 집중하지도 신경 쓰지도 않았다. 그의 시선은 저들 너머, 이곳 수도의 정예와 그들의 뒤편에서 발톱을 숨기고 있을 암전의 칠성좌를 노리는 중이었다.

"이렇게 해도 안 오면… 결국, 왕성까지 가야하나."

쩝쩝 입맛을 다시면서도 그의 걸음은 착실히 수도의 중심부로 향하고 있었다.

"오!"

재차 달려드는 병력을 쓰러트리고, 날아드는 화살을 쳐내던 찰나, 에던의 눈가에 이채가 스쳐갔다.

드디어 기다리던 이들이 등장한 까닭이었다.

"일단, 간을 보겠다는 건가."

아쉬운 부분이 있다면, 바라던 암전이 아닌 이곳 왕국의 정예들로만 이뤄진 기사단이라는 점이었다.

"뭐… 그것도 나쁘진 않지."

짧게 실소하던 에던이 슬쩍 발끝을 밀었다.

그리고,

눈 깜빡할 사이에 그의 신형은 기사단의 전방에 도달해 있었다.

"간이 좀 싱거워 보이긴 한데, 일단 맛은 봐야겠지."

나이프를 들어 육즙을 확인할 시간이었다.

❖ ✣ ❖

한 나라의 수도인 만큼, 그곳을 지키는 병력과 기사단의 숫자는 상당할 수밖에 없었다.

리아체를 기사단은 그 중에서도 수도 외곽, 제 1선을 지킨다고 할 수 있는 티브릭샨 왕국 수도의 첫 번째 방패였다.

당연하게도 그 실력 역시도 뛰어난 이들로만 구성되어 있었다.

물론, 왕성 내부를 지키는 기사단에 비한다면야 약간의 부족함은 느껴질 수도 있지만, 어지간한 고위 귀족들의 기사단을 압도하는 전력을 지닌 게 바로 리아체를 기사단이었다.

때문에 그들은 지금 이 상황을 이해 할 수가 없었다.

'말도 안 돼!'

갑작스런 침입자로 인해 전투가 벌어졌고, 그 결과는 놀랍게도 너무나도 일방적이라 할 수 있는 방향으로 흘러갔다.

믿을 수 없었다.

상대는 단 한명일 뿐이었다. 그럼에도 불구하고 그들 리아체를 기사단이 일방적으로 밀리는 위치에 서 있었다.

믿을 수 없었고, 믿기도 싫은 그런 상황이었다.

수도를 지키는 기사단, 왕국을 대표하는 기사단, 그 모든 자부심이 산산조각 나는 순간이기도 했다.

겨우 차 한 잔 마실 정도?

무려 일백의 기사단이 박살나는데 걸린 시간이었다. 리아체를 기사단의 단장인 '헤를 테게즈' 는 마른침을 삼키며 침입자의 전투를 되새겼다.

별 것 아닌 듯 보이는 가벼운 검격에 쓰러지는 단원들의 모습이 그려졌다.

'일격에 필살!'

그 순간 떠오르는 존재가 있었다.

'사신… 운트?'

이미 그 실력에서 별의 등장을 짐작했고, 그런 만큼 정체를 추측하는 건 그리 어렵지가 않았다.

게다가 최근 들어 왕국을 떠들썩하게 만들던 초월자의 존재를 모르지 않기에, 금세 답을 내릴 수 있었다.

'어째서?'

왜? 저 새로운 별의 주인이 이곳에 칼을 뽑아들었을까?

짧은 의문이었다. 안타깝게도 생각은 길게 이어질 수는 없었다.

어느새 그의 단원들을 전부 박살낸 침입자가 그의 전면으로 치고 들어오는 까닭이었다. 불길이 바람을 타고 밀려드는 것 같았다.

다급히 검을 뽑아들며 공격을 막았다. 그 순간 마치 거짓말처럼 그의 검과 침입자의 검이 교차했다. 아슬아슬하게 스쳐간 침입자의 검이 그의 투구를 두들겼다.

까앙!

검면으로 친 것일까? 귓전을 울리는 굉음 속에서 시야가 흔들리며 두 다리에 힘이 풀렸다. 하지만 이를 악물며 정신을 다잡고 무릎을 바로 세웠다.

그 불같은 의지를 침입자에게 쏟아내려는 찰나, 밑에서 위로 턱이 올라가는가 싶더니, 신형이 솟구치고 의식이 날아갔다.

어느새 품 안으로 파고든 침입자의 강렬한 어퍼컷이었다.

"후우…."

침입자, 에던이 작은 한숨과 함께 숨을 골랐다. 아무리 그가 별의 영역을 넘어서 전설 혹은 신화적인 영역에 다다랐다지만, 상대는 한 나라의 수도를 지키는 기사단이었다.

정예들로만 구성된 만큼, 그 전투가 쉬울 수는 없었다.

물론, 그렇다고 해서 어렵다는 의미는 아니었다. 단지 그 끝에서 한숨 호흡을 돌려야 할 정도는 됐다.

"좀 밍밍하긴 했지만, 뭐… 몸 풀기로는 적당했네."

그렇게 중얼거린 에던이 쓰러진 이들에게서 시선을 거둬 새로이 다가드는 무리에게로 향했다.

"슬슬, 간이 제대로 밴 놈들이 나올 때가 됐지."

에던의 입 꼬리가 슬쩍 올라갔다. 앞서 상대했던 리아체를 기사단과 달리, 새롭게 접근하는 이들에게서는 암전의 흔적이 선명하게 비쳐지고 있었다.

성문 경비 대장이었던 세틀과 마찬가지의 흐름이 새 무리의 사이사이에서 흘러나오는 게 보였다.

어디까지나 일부의 등장일 뿐이었지만, 저들을 통해 암전이 움직임을 시작했다는 것 정도는 알 수 있었고, 이를 목적으로 달려왔던 에던으로써는 만족스런 상황일 수밖에 없었다.

웅… 우웅… 웅…

사자검이 울음을 토해냈다.

기다리던 식사시간이 찾아왔음을 직감한 듯, 배가 고프다며 신호를 보내오고 있었다.

짧게 실소한 에던이 검 면을 가볍게 두드렸다.

"그래. 오랜만에 배 좀 채워 봐라."

나직한 중얼거림과 함께 에던이 새로운 목표물을 향해 다가갔다.

테아산 기사단!

이곳 티브릭샨 왕국을 대표하는 3대 기사단의 하나로써, 왕실 기사단과 같은 '격'을 자랑할 정도의 최정예로만 이뤄진 기사단이었다.

또한 이곳 티브릭샨의 이면, 암전과도 연결되어있는 기사단이기도 했다.

아무래도 3대 기사단으로써 대외적인 활동도 해야 하는 만큼, 암전과 닿은 부분은 그리 많진 않았다. 그래서인지 그들이 뿌리와 닿아있음을 아는 이들은 기사단 내부에서도 일부 밖에 없었다.

여기에서 중요한 건 이들이 티브릭샨의 빛과 어둠을 함께 살아간다는 점이었다.

망자탈혼의 실험을 받은 이들도 바로 이 같은 일부의 단원들이었는데, 하나같이 기사단 내에서 나름의 위치를 지니고 있는 이들이었다.

단장과 부단장 그리고 각 조의 조장들이 그 중심으로써, 무려 열다섯이나 되는 인원이 이면 세상에 발을 담그고 있었다.

게다가 지금 현장에 달려오고 있는 건, 그들뿐만이 아니었다.

3대 기사단에 비한다면야 부족하겠으나, 앞서 리아체를 기사단처럼 이곳 수도를 지키는 정예 기사단들이 바삐 달려오는 중이었다.

거기에는 알려진 것만큼의 실력을 보유한 기사단도 있었지만, 의외의 비수를 품고 있는 기사단도 여럿 존재했다.

테아산 기사단과 마찬가지로 티브릭샨의 이면을 살아가는 기사단이 포함되어 있는 것이다.

그 중에서도 '디엑센' 기사단의 경우는 매우 특별했다.

일부만 발을 담그고 있는 테아산 기사단과 달리, 디엑센 기사단은 단원 전체가 이면 세상을 살아가는 이들이었다.

실질적인 전력은 오히려 테아산 이상이었으나, 티브릭샨의 이면을 주 무대로 살아가는 까닭에, 그들의 실력이 제대로 평가되기는 어려웠다.

3대 기사단에 들지 못한 이유도 그 때문이었다. 굳이 순위를 매기라고 한다면, 수도 기사단들 중에서도 하위권에 자리하고 있었는데, 이 부분에 대해서 불만을 표출하는 이들은 없었다.

애초에 디엑센 기사단이라는 자리 자체가 위장이기 때문이었다.

속사정이 어찌 되었건 당장 현장에 서 있는 건 테아산 기사단이었고, 에던은 이 새로운 제물들을 향해 검을 들고 있었다.

그 뒤로 새로운 전력과 병력들이 밀려드는 게 보였지만, 에던은 오로지 열다섯의 사내에게만 집중할 뿐이었다.

바로 망자탈혼을 경험한 적 있는 테아산의 기사들이었다.

오로지 그들만을 노린 채 달려들었다.

카카카카카캉…

마치 화살이 쏟아지듯 검격들이 정신없이 날아들었지만, 에던은 유연하게 그 모든 공격들을 막고 흘려냈다. 감탄이 절로 나오는 간결한 움직임이었다.

어찌나 깔끔했던지 합격을 했던 테아산의 기사들이 서로의 검에 충격을 받으며 뒷걸음질을 치고는 했다.

완벽하다 할 만한 합격이 오히려 독이 되어 그들에게 피해를 축적시키고 있는 것이다.

그리고 이런 공세를 파고들며, 에던의 검은 정확히 목표물을 낚아챘다.

서걱…

비명성 조차 나오지 않은 깔끔한 일격이었다. 지나고 난 뒤에서 당했다는 걸 깨닫고, 그걸 인지하고 나서야 옅은 신음성이 흐를 뿐이었다. 그리고 이미 그 즈음에는 시야가 흐려지며 차가운 대지위에 몸을 뉘이고 있었다.

'쓸데없이 많은 칼질은 필요 없지.'

에던은 오늘 어떤 전투를 겪게 될지 알 수 없다고 여겼다. 그런 만큼 체력을 최대한 보전하고자 했고, 때문에 움직임이 극한까지 절제될 수밖에 없었다.

물론, 사자검의 보조가 있는 까닭에 체력적인 부담감은 덜 수 있었지만, 정신적인 면을 생각한다면, 아낄 수 있을 때 아껴놓는 게 좋았다.

그렇게 정확히 열다섯 번의 검격을 날렸고, 열다섯의 생사가 결정됐다.

당연하게도 기사단의 호흡이 흐트러질 수밖에 없었다. 동료의 죽음이라는 사실만으로도 충격이건만, 하나같이 기사단의 중심이 되는 이들이었기에, 더욱더 충격적일 수밖에 없었다.

단장과 부단장 그리고 각 조장들까지, 중심을 잃은 기사단의 진형이 점차적으로 비틀리더니, 종래에는 눈에 띌 정도로 손발이 어긋나기 시작했다.

그 같은 변화는 치명적인 결과로 이어졌다.

"맙소사!"

"말도 안 돼!"

후미에서 경계하며 진형을 갖추고 있던 경비대원들이 일제히 경악성을 터트렸다.

앞서 리아체를에 이어 테아산 기사단까지, 순식간에 두 개 기사단이 침몰하는 걸 본 까닭이었다.

특히, 테아산의 패배는 더욱 특별할 수밖에 없었다. 티브릭샨을 대표하는 3대 기사단 중 하나가 무너진 것이기 때문이었다.

더욱 충격적인 건, 그들 왕국의 정예 기사단들을 상대한 이후건만, 침입자에게서는 전혀 지친 기색이 비치질 않는다는 점이었다.

'괴물….'

지켜보는 이들의 머릿속에 공통적으로 떠오르는 단어였다.

그 때문일까?

중간중간 활시위를 당기던 이들마저도 지금 이 순간만큼은 침묵을 지키며, 그저 조용히 에던의 뒷모습을 바라보고 있을 뿐이었다.

에던은 이런 그들의 시선을 한껏 만끽하며, 느긋한 걸음걸이로 천천히 수도의 심장부를 향해 걸어 나갔다.

[어디까지 해야 할까?]

그 와중에 떠올린 생각이었다. 이곳에 발을 들이며 나름의 각오를 하고 왔고, 그만큼 결과를 낼 생각이었으나, 그 수위까지는 아직 정하지 않은 상태였다.

현재의 느낌만을 가지고 판단했을 때, 굳이 끝장을 보고자 한다면 볼 수도 있을 것 같았다.

별의 영역을 온전히 넘어선 순간, 그의 눈높이와 세상은 또 한 번 달라졌고, 그만큼 할 수 있는 일도 늘어났다.

한 나라의 수도를 지키는 기사단을 그저 차 한 잔 마실 시간에 해체시킨 게 그 증거였다.

그나마도 손속에 사정을 뒀기에 그 정도의 시간을 허비한 것이니, 그렇지 않았더라면 더욱 빠른 속도로 결말을 낼 수 있었을 것이다.

게다가 아직까지는 사자검의 보조능력이 발휘된 것도 아니었다.

지금까지는 순수하게 그 개인의 역량으로 만들어낸 결과였다.

냉정하게 판단했을 때, 그가 지닌 능력만을 가지고서는 그 끝을 보기가 어려울 거라 여겼다.

하지만 사자검의 보조능력을 더한다면, 결코 불가능한 일이 아닐 것 같았다.

잠시 고민이 길어졌다.

하지만 결국 그가 내린 결론은 '적정선'을 지킨다는 것이었다.

이곳이 왕국이기 때문이었다.

한 개인이 아니다. 조직이나 단체도 아니었으며, 무려 한 나라였다.

거기에는 무수히 많은 사람들이 살아가고 있었고, 그만큼 많은 삶의 행적과 흐름이 포함되어 있었다.

암전에 타격을 입히기 위해, 그 많은 이들의 삶을 짓밟고 싶지는 않았다.

한 개인의 존재로 인해, 심장부에 비수가 박히는 것과 왕국간의 전쟁에 의해 비수가 꽂히는 건 차이가 컸다.

에던은 한 개인의 역량이 감당할 수 있는 한도까지만 칼질을 할 생각이었다.

물론, 그것만으로도 티브릭샤 왕국은 치명적인 타격을 입어, 한동안은 고개를 들 수가 없는 생활을 하게 될 것이다.

게다가 그를 삼키기 위해 일어난 전쟁과 관련된 소식들도 그의 소문에 역으로 짓밟히게 될 터였다.

"그러기 위해서라도 좀 더 화끈하게 불을 질러야 하는데."

다행스럽게도 그걸 위한 제물들은 착실히 다가오고 있었다. 더욱 고맙게도 한꺼번에 몰려오는 게 아닌, 앞서 두 기사들처럼 순차적으로 달려오는 중이었다.

아무래도 갑작스런 방문의 영향인 듯 보였다. 뿐만 아니라 그가 '개인' 이라는 부분 역시도 저 같은 행동에 결정적인 영향을 끼쳤을 거라 여겼다.

그 덕분에 부담감도 상당부분 덜어질 수밖에 없었다.

"호…."

문득, 에던의 눈에 불이 들어왔다. 다가오는 이들에게서 남다른 흐름을 본 까닭이었다.

'암전이군!'

에던의 짐작 그대로였다.

디엑센 기사단!

테아산과 달리 전원이 이면을 살아가는 이들이자, 티브릭샨의 숨겨진 강자들이었다.

[이제부터가 진짜다!]

그런 느낌이 들며, 슬그머니 긴장감이 고개를 들었다.

앞서 세틀을 시작으로 테아산 기사단의 열다섯 기사들, 그리고 지금 눈앞에 등장한 디엑센의 기사들까지.

사자의 영역에 발을 걸치고 있던 망자들과는 달랐다.

그들 각자는 눈빛이 살아 있었고, 실제로 망자들과 달리 저들은 생각하고 사고하며 삶을 영위하는 존재들이었다.

망자탈혼의 실험이라고는 하나, 삼류용병들에게 괴력을 부여해서 절정의 기량을 강제적으로 갖추게 만드는 실험과는 달랐다.

이들은 이미 뛰어난 실력자들이었다.

그런 만큼 망자탈혼의 실험은 보조적인 역할을 하고 있을 뿐이었다.

소중한 전력을 온전히 보존하면서, 장기적으로 활용할 수 있는 계획의 일환이기도 했다.

저들 개개인이 왕국 주요인사와 관련되어 있기도 한 만큼, 무조건적인 희생을 강요하기가 어려웠고, 절대적 '소모품' 으로 희생되는 기존 망자들과는 다를 수밖에 없었다.

❖ ✣ ❖

갑작스런 사건이고 상황이었지만, 대응은 나쁘지 않았다. 물론, 그렇다고 해서 좋다는 의미는 아니었다.

말 그대로 나쁘지 '만' 않은 것일 뿐이었다.

어쩔 수 없음을 알았다.

"빌어먹을! 이놈이 기어이… 반항을 한단 말이지."

데이리덴은 사납게 이를 갈며 책상을 내리쳤다. 전대 국왕인 그가 아직까지 이곳 뿌리의 수장으로 있는 이유가 그를 분노케 한 것이다.

"으득… 리블렌!"

현 국왕이자 그의 하나밖에 없는 아들을 떠올리니 절로 가슴이 들끓었다.

노쇠한 육신은 그 불길을 제어하지 못하면 자칫 화병으로 이어질 수 있음을 알기에, 애써 호흡을 가다듬으며 약해진 잇몸을 가볍게 풀어줬다.

과거, 그가 국왕이던 시절, 리블렌은 단 한 명뿐인 후계자였고, 그런 이유로 후계공부를 시작하던 무렵에는 왕국의 역사 그리고 그 안에 담긴 이면세상과의 연결고리 역시도 가르쳐야만 했다.

그리고 이 날을 기점으로 부자관계에 균열이 생겼다.

생각이상으로 착실했던 리블렌에게 있어, 암전과 뿌리 그리고 거기에 어울리는 이면세상의 부정들은 거부감이

들 수밖에 없었던 것이다.

당연하게도 데이리덴의 뜻과 다른 정치를 펼치고 원치 않는 공부를 시작하며, 새로운 역사를 써내려가려는 움직임까지 보이기 시작했다.

그 모습이 괘씸해 왕좌에서 버티고 또 버티며 새로운 후계자가 태어나기를 기다렸다. 하지만 안타깝게도 리블렌 외에는 그의 뒤를 이을 왕자가 없었고, 그의 머리가 새하얗게 세어버리고 얼굴 가득 삶의 흔적이 깊어질 무렵, 결국 그 자리를 물려줘야만 했다.

이미 그 즈음에는 리블렌 역시 왕자라는 직위에 어울리지 않는 세월의 흔적이 얼굴 곳곳에 묻어날 무렵이었다.

늦어도 너무 늦은 계승시기로 인해 은연중에 말들이 많기도 했었다.

어쨌든 그렇게 새롭게 왕좌에 오른 리블렌은 여전한 모습으로 데이리덴과 반대되는 행보를 보였고, 암전의 뿌리에 대해서도 변함없이 부정적이었다.

단지, 꾸준한 데이리덴의 세뇌 혹은 강압이 먹혔던 것인지, 어린 시절에 비한다면 일정부분은 용납하고 넘어가는 경향이 있었다.

짐작건대 암전이라는 단체와 그 뿌리가 지닌 '힘'을 알기 때문이리라.

만족스런 모습은 아니었지만, 과거에 비한다면야 많은 부분이 변화했고, 또 변해가고 있음에, 데이리덴은 언제고 리블렌이 칠성좌의 주인으로써 결국에는 그 권좌를 받아들일 거라 여겼다.

물론, 아직도 적지 않은 시간이 필요할 거란 예상 정도는 하고 있었다. 하지만 착실히 바라던 방향으로 이어지고 있다 여겼다.

이제 다 된 거다. 머지않았다.

아무래도 그렇게 생각하면서 잠시 방심했던 모양이었다.

기어이 리블렌은 그의 명령을 거부했다.

"으득…."

데이리덴은 다시금 끓어오르려 하는 속을 달래며, 수도의 상황을 찬찬히 정리했다.

에던 운트의 등장!

그리고 이어진 발 빠른 대처까지, 나쁘지 않다고 여겼다.

단지, 그 부분에서 투입된 전력이 한정적이며, 왕실의 움직임이 소극적이라는 부분이 문제였다.

수도에 갑작스런 침입자가 등장해 난동을 부린다.

비록 그 정체가 초월자라고는 하나, 결국 겨우 한 명일 뿐이었다.

왕실에서는 이 부분을 강조하며, 다른 지역의 전력을 묶어놓고 있었다. 좀 더 정확히는 리블렌의 의견이기도 했다.

현재, 에던이 등장한 곳은 티브릭샨 수도의 동쪽 성문이 위치한 지역이었다. 그리고 이에 대처하며 움직인 기사단과 병력 역시도 그 근방을 지키는 이들 뿐이었다.

다른 지역의 기사단과 전력은 움직이는 기색이 없다는 것이다.

물론, 명분은 왕실 측에 있었다.

[한 개인을 상대하고자 수도의 방어체계를 무너트려서는 안 된다!]

그런 의미로써 동문 지역의 전력만으로 대처하라는 것이다.

얼마든지 그럴 수 있다. 불가능한 이야기도 아니었다. 초월자라고는 하나 결국 한 개인일 뿐이지 않던가.

비록 한정적인 전력일지언정, 한 나라의 수도를 지키는 정예들이 감당하지 못한 수준은 아니었다.

하지만 그럼에도 불안한 마음을 감추기가 어려웠다.

사신 그리고 마왕!

침입자의 정체를 잘 아는 까닭이었다. 칠성좌의 한 좌를 차지하는 주인으로써, 그 전력에 대해서는 너무나도 잘 알고 있었다.

[일반적인 초월자의 수준을 넘었다.]

그를 비롯한 칠성좌 전원이 에던 운트라는 대적자에게 느끼고 있는 부분이었다.

일기당천에 가장 어울리는 실력자라는 것 역시 잘 알고 있었다. 그들 암전이 실제 그 능력을 겪었던 까닭에 모를 수가 없었다.

'부족해!'

왕실에서는 차고도 넘친다는 반응이었지만, 그는 그렇게 생각하지 않았다. 다른 지역의 병력을 전부 빼라는 것도 아니고, 일부나마 지원을 하라는 것이건만, 칼같이 이를 차단하고 있으니, 절로 골머리가 아파오며 한숨이 나올 수밖에 없었다.

급한대로 암전과 연결된 기사단을 움직이기는 했지만, 각 기사단의 배치지역이나 동선을 생각했을 때, 그저 시간 벌이만 하는 최악의 사태가 발생할지도 몰랐다.

"후우…."

자칫, 이 사건을 계기로 그의 영향력이 리블렌에게 밀릴지도 모른다는 불길한 예감이 들었다.

"빌어먹을!"

욕지거리가 자꾸만 샘솟았다. 말을 안 듣는 아들에게도 화가 났지만, 이 같은 상황을 은연중에 유도하며, 이곳 티브릭샨을 배제하려 드는 다른 칠성좌들의 태도에도 열불이 뻗쳤다.

어쩌면 그와 리블렌의 불화를 알기에, 저들 역시도 티브릭샨과 거리를 두려 하는 것일지도 모른다는 생각이 들었다.

아랫입술을 잘근잘근 씹어대던 그가 바깥을 향해 외쳤다.

"동문지대를 봉쇄하고, '마령군' 을 준비시켜라!"

원치 않는 상황의 연속으로 인해, 결국 바라지 않는 결정을 내려야만 했다.

❖ ✣ ❖

마치 내를 이루듯 고이고 고여 가는 핏물과 그 위로 차곡차곡 쌓여가는 죽음의 그림자까지, 그 모든 조합은 이곳이 진정 살아 숨 쉬는 이들의 공간인가 싶은 의문을 느끼게 만들었다.

전장을 연상시키는 풍경이기도 했지만, 이상하게 낯선 분위기가 풍기며 공포스러운 무언가가 가슴을 흔들고 있었다.

단 한 사람!

갑작스레 침입해서 티브릭샨의 수도 동문지대를 흔들고 있는 불청객으로 인해, 그곳은 인세의 영역을 한 걸음 벗어난 죽음의 대지로 변모하고 있었다.

길지 않은 시간이었다.

하지만 그 사이에 박살난 기사단의 숫자만 무려 다섯이었고, 인원으로 치자면 700에 달하는 수가 당한 것이다.

악몽이었다.

이런 존재가 왜? 어째서? 이곳 티브릭샨의 수도에 침입을 한 것일까?

게다가 왜? 어째서? 저런 난동을 부리는 것이란 말인가.

그러던 찰나에 날아든 명령은 더욱 황당하기만 했다. 이 근방 동문지대의 사람들을 몰아내고, 경계를 만들라는 것이다.

물론, 경비대의 입장에서는 다행스런 이야기였다.

저 공포의 상징과도 같은 존재와 마주하고, 같은 공간에서 숨을 쉬고 있다는 것만으로도 오금이 저리고 심장이 멈출 것 같았기에, 차라리 뒤로 빠져서 경계선을 만드는 게 나았다.

그러거나 말거나 에던은 그저 묵묵히 전진을 고집하고 있을 뿐이었다.

적정선을 지키기로 결정을 내렸지만, 그 선의 경계가 아직 모습을 드러내지 않을 까닭이었다.

느긋하게 걸음을 걷는 건, 저들의 전력을 최대한 끌어내기 위함이었지만, 티브릭샨이 보여주는 반응속도로 봤을 때, 만족스런 상황까지 이끌어내려면 생각보다 많은 시간이 필요할거라 여겨졌다.

달려든 이들 중에서 암전과 관련된 이들은 죄다 베었다. 그에게 당한 건 700가량이었지만, 실질적으로 생사의 경계를 넘은 건, 그 절반밖에 안 됐다.

과도할 정도로 솟구치며 전장을 어지럽힌 핏물은 사자검이 만들어낸 과장적인 연출이었다.

적지 않은 숫자였지만, 만족스런 수는 아니었다. 지금과 같은 상황을 벌이면서 겨우 이 정도에 납득하고 걸음을 돌리고 싶지는 않았다.

'적어도 네 자릿수!'

그런 까닭에 여기서 한 차례 더 선택을 해야만 했다.

“흠….”

나직한 신음성과 함께 고민을 거듭하고, 그렇게 내려진 결정이 그의 등을 떠밀었다.

성큼…

느긋하던 걸음걸음에 힘이 더해지고, 속도가 붙기 시작했다.

‘발등에 제대로 불이 떨어져도 안 움직이나 보자!’

이 갑작스런 행동에 경계선으로 빠지지 않고, 일정한 거리를 둔 채 지켜보던 이들이 깜짝 놀라 경악성을 토했다.

“막아!”

경계선이 아직 제대로 펼쳐지지도 않았고, 사람들의 대피도 한창이었다.

원치 않은 선택을 해야만 한다는 결론과 함께, 거리를 두고 있던 경비대의 일원들이 일제히 달려들었다.

경계를 만들기 위해 많은 수가 빠져나간 까닭에, 당장 이곳을 에워싼 병력은 겨우 일백 남짓이었다.

그 숫자만으로 에던을 막거나 벨 수 있다는 생각을 하는 이들은 아무도 없었다. 단지, 이 같은 행동을 통해 시간벌이라도 할 수 있기를 바랄 뿐이었다.

그 결과가 서글픈 희생으로 이어질지언정, 해야만 하는 선택이었다.

그리고 이 같은 행동에 에던의 눈가에 이채가 스쳐갔다.

‘제법… 괜찮은 놈이네.’

명령과 함께 가장 먼저 달려드는 사내의 모습에 절로 고개가 끄덕여졌다. 누군가처럼 뒤로 물러난다고 병사들에게 칼질을 하는 모습과는 대조적이었다.

스스로를 먼저 내던지는 그 모습에 희미하니 미소 지은 에던이 가볍게 손을 튕겼다.

세릴이 챙겨줬던 구슬이 그의 손가락을 타고 튀었다.

타타타탁…

그와 동시에 달려들던 수십의 병력이 일제히 무너졌다. 뭐가 어떻게 된 건지 알 수 없는 상황 속에서, 쓰러진 이들 너머로 어정쩡하니 자세만 잡고 있는 2선 병력들이 보였다.

이해할 수 없는 현상에 두려움이 일며 발목이 굳어버린 것이다.

하지만 진정 이해하기 어려운 행동은 그 다음에 있었다.

풀썩…

앞서, 발걸음에 속도를 더하는가 싶던 에던이 돌연 그 자리에 엉덩이를 걸치며 앉아버리는 것이 아닌가.

도통 해석할 수도 판단할 수도 없는 그의 행동에, 엉거주춤하니 서 있던 경비대의 대원들이 바쁘게 서로서로 시선을 나눴다.

하지만 누구도 답을 내리진 못했다.

그 이유는 오로지 행동을 한 본인, 에던만이 알 수 있을 터였다.

'뭐… 잠깐 정도는 기다려주지.'

저들의 지지부진한 대응에 그가 먼저 속도를 높여볼까도 싶었지만, 조금 전 명령과 함께 달려들던 사내가 그의 마음을 살짝 움직였다.

쓰러진 사내를 내려다봤다.

일부 남다른 복장에서 일반적인 경비대원이 아닌, 조금은 높은 위치에 있다는 걸 짐작할 수 있었다.

제법 쓸 만해 보였던 사내의 행동이 떠올랐고, 거기에 더해 각오를 다지며 달려들던 그 강렬한 눈빛도 인상적이었다.

잠시나마 미소 짓게 했던 보상으로 사내가 바라던 결과를 내어주고자 하는 것이다.

[시간벌이!]

사내가 보여준 의지와 행동들에 잠시 어울려줄 생각이었다.

물론, 길게 이어갈 건 아니었다.

말 그대로 '잠깐' 정도만 기다려줄 것이고, 그 시간 동안 암전은 그를 만족시킬 수 있는 결정 혹은 결과물을 보여줘야 할 터였다.

'그렇지 않으면… 적정선을 살짝 더 올릴지도 모르니까.'

티브릭샨에는 다행이라고 해야 할까?

오래지 않아 암전에서 그럴싸한 대답을 내어놓았다.

❖ ✣ ❖

망자라고 불리는 암전의 새로운 전력이 생겨나기 전에도 암전의 뿌리에는 각자 나름의 전력들이 존재했다.

팬텀이 그 대표격이었고, 굳이 그게 아니더라도 각 뿌리별로 별도의 키메라를 비롯한 실험체들이 숨겨져 있었다.

당장 망자가 생긴 지금에 이르러서는 망자를 토대로, 그 같은 비밀 전력을 새로이 구상하고 꾸리려는 준비가 한창이었다.

물론, 아직까지는 이렇다 할 연구 성과가 나온 게 없었다. 하지만 각 칠성좌들이 지닌 연구력과 마법학자들의 실력을 생각해 봤을 때, 머지않아 만족스런 결과물이 나올 터였다.

게다가 망자 역시도 아직까지는 완성품이 아니라 좀 더 연구가 필요한 실험체이지 않던가.

그런 의미에서 당장은 칠성좌들이 대표하며 내세울 만한 전력은 망자가 아니었다.

물론, 거기에는 팬텀은 제외대상이었다. 현자의 돌이 투입되었고, 거기에 더해 뛰어나고 또 충성스런 옛 기사들의 육신으로 완성한 팬텀은 언제나 특별하게 분류될 수밖에 없었다.

어찌 되었건, 중요한 건 각자가 지닌 비밀전력이었다.

당연하게도 칠성좌의 한 좌인 티브릭샨에도 그 같은 전력이 있었다.

마령군!

옛 문헌을 살려, 마계의 일부를 담아낸 마도학의 이면, 즉 흑마법의 정수라 자부하는 그들 티브릭샨의 걸작이었다.

그리고 이 걸작이 쉬고 있는 에던을 향해 모습을 드러냈다.

하필!

이라고 해야 할까?

우웅… 웅… 웅…

사자검이 너무도 흥겨운 울음을 내비쳤다.

다가드는 걸작품들의 진득한 마기!

“이건 뭐… 진수성찬이 따로 없네.”

얼핏, 값비싼 식재료가 걸어 들어오는 것 같은 느낌에, 에던은 결국 헛웃음을 터트려야만 했다.

❖ ✣ ❖

며칠 전까지만 하더라도 대륙을 어지럽히는 소문은 하나였다.

[전쟁!]

어디서 어느 왕국들이 붙었다더라, 국경을 넘었다더라

하는 내용의 이야기들이 정신없이 대륙을 뒤흔들고 있었다.

하지만 지금은 달랐다.

말도 안 되는, 마치 전설 속에나 나올 법한 신화적인 사건에 전 대륙의 이목이 전쟁이라는 소식에 집중할 수 없게 만들었다.

[인세의 마왕!]

이 한 번의 사건으로 그는 확실하게 사신이라는 명칭보다 마왕이란 칭호가 더 어울리는 존재가 되어있었다.

그도 그럴게 한 나라의 수도가 겨우 한 개인에 의해 유린당하다시피 했다는 게, 바로 그 같은 이유였다.

[티브릭샨!]

이 말도 안 되는 사건의 중심에 서 있는 왕궁이었다.

사건은 이러했다.

벌건 대낮,

갑작스레 침입한 의문의 복면인이 있었다.

제 얼굴도 제대로 밝히지 못하는 침입자 한명이었으나, 티브릭샨의 수도 경비대는 전에 없는 긴장감과 두려움을 느꼈다고 한다.

이유라면 그 등장부터가 특별했던 까닭이었다.

그 거대한 성문을 단 한 번의 칼질만으로 산산조각을 내버렸다는 것이다. 마법도 아닌 칼질이었다. 믿기 어려운 이야기였으나, 진실이라는 게 더욱 충격적인 부분이었다.

당당히 성문을 부수고 수도 입성!

몰래 들어온 것도 아니라는 점에서, 이미 그 시작이 남다르다는 걸 인정할 수밖에 없었다.

거기에 더해 수도 경비대를 기세만으로 제압하더니, 뒤이어 출동한 기사단들을 하나하나 차례차례 쓰러트리면서 전진 또 전진하기 시작했다.

짧지 않은 시간, 일천에 가까운 기사들이 차가운 대지 한편에 몸을 뉘였다.

그 이후 티브릭샨에서는 비장의 카드라 할 만한, 비밀전력을 꺼내들었고 그 수는 무려 일천에 가까웠다고 한다.

하지만 침입자는 이마저도 유유히 쓰러트리고는 다시금 전진을 시작했다.

그리고 이 즈음, 티브릭샨 왕국 전역에 비상이 걸렸다. 다른 지역 수비대까지 전부 움직이며, 수도의 경계망 자체가 이동한 것도 이 시점이었다.

하지만 우려하던 사건은 발생하지 않았다.

티브릭샨의 심장부, 왕성을 앞에 두고서 침입자는 돌연 걸음을 멈춰 섰다.

그러더니 거리를 둔 채 경계를 하던 경비대의 창을 하나 뺏어, 그대로 왕성의 성문을 향해 내던졌다.

마치 천둥이 이는 것 같은 성난 굉음과 함께, 성문 깊숙이 창이 박혀들었고, 침입자는 그길로 발길을 돌렸다.

짧지 않은 시간, 티브릭샨의 수도를 제대로 들었다 놔버린, 이 의문의 침입자에 대한 소문은 그야말로 순식간에 서대륙을 강타하고, 그마저도 부족했던지 주변 대륙까지 뻗어나가 종래에는 전 대륙을 크게 뒤흔들기에 이르렀다.

너무도 상세한 내용과 말도 안 되는 이야기에 소문을 들은 사람들은 하나같이 의문 그리고 의심을 먼저 품었다.

그렇지만 그 침입자의 정체가 새로운 '왕' 이라는 사실을 듣고 난 뒤에는 의심의 폭이 줄어들었고, 뒤이어 점차적으로 믿어가는 분위기로 바뀌어갔다.

얼굴을 가렸다고는 하나 당시 티브릭샨에 발생하고 있던 굵직한 사건사고를 생각한다면, 그 외에는 떠올릴 만한 사람이 없었다.

사신, 운트!

이제는 인세의 마왕이라고 불리는 그 사내가 그간 보여줬던 역사적이면서도 전설적이라 할 만한 사건들 때문이었다.

프록샤 평원의 전투가 특히 결정적이었다.

이미 전설이 되어버린 바르마스 검공의 이야기가 그저 환상이 아니라는 걸, 직접 그 몸으로 보여준 전투이지 않던가.

초월자는 여럿 존재하지만, 그 같은 업적 혹은 신기를 현세에 보여준 초인은 단 한명도 없었다.

때문에 에던은 조금 더 특별한 초월자로써 사람들의 머릿속에 각인되고 있는 상황이기도 했다.

물론, 거기에는 레드문의 끊임없는 정보조작 능력도 한몫하고 있었다. 끊임없이 에던에 대한 소문을 흘려온 까닭이었다.

소문에 담긴 상세한 내용 역시도 레드문의 정성스런 작업결과였다.

한 차례 암전과의 정보전에서 뒤쳐진 것을 만회하기라도 하려는 듯, 이번 소문에 대해서 레드문은 전심전력을 다했고, 전쟁에 관한 이야기는 점차적으로 짓밟히듯 사라져가고 있었다.

전면전이 아닌 국지전의 규모로 발생하는 전쟁소식인 만큼, 최초 전쟁소문이 돌던 시기만큼의 집중력이 없었고, 당연하게도 에던에 관한 소문이 더욱 큰 관심을 끌 수밖에 없었다.

그리고 이 같은 상황에 분노하는 이들이 있었다.

콰앙!

거칠게 내리치는 주먹의 파괴력에 책상이 산산조각 나며 그 잔재가 사방으로 비산했다.

"레드문… 레드문!"

연달아 터져 나오는 성난 외침에, 뜨거운 숨결이 훅훅 쏟아져 나왔다.

벨시스트라 왕국의 주인, 국왕 비요산 시스트라!

칠성좌의 한 좌를 차지하고도 있는 그의 얼굴이 흉측하게 일그러지며, 주체할 수 없는 분노로 붉게 물들기 시작했다. 당장이라도 폭발할 듯, 열기를 뿜어내기 시작했다. 실제로 얼굴 주변으로 옅은 김이 피어나고 있었다.

"폐하!"

그 순간 들려온 외침에 비요산의 동공이 살짝 흔들리며, 붉은 기가 일부 가시고, 슬며시 열기가 가라앉았다.

"…빌어먹을 연공법!"

일순, 스스로 화를 주체하지 못했음을 깨닫고 애써 가슴을 진정시켰다. 익힌 연공법의 부작용으로 인한 여파이기에, 알면서도 통제하는 건 쉽지가 않았다.

자칫 한계점을 넘어버리는 순간, 벨시스트라 왕국의 심장부는 때 아닌 폭풍을 맞게 될지도 몰랐다.

오래 전, 왕위 계승이 이어지던 당시, 한 차례 불었던 피바람이 또 다시 왕실을 휩쓰는 상황이 올 수도 있었다.

형제들과의 치열했던 격전을 이겨내기 위해 내렸던 선택이었고, 덕분에 이 절대적 권좌를 이어받을 수 있었지만, 이처럼 스스로를 조절하지 못하는 상황이 올 때면, 가끔씩 후회가 밀려들고는 했다.

"쯧…."

젊은 시절의 그 이성적이며 한편으로는 얼음장 같기까지 했던 자신을 떠올리게 되는 까닭이었다.

과거와는 정반대의 성격 그리고 행동 거기에 더해 행보까지 보이는 지금 이 모습을 마냥 웃으며 받아들이기는 어려웠다.

벌써 30년이 넘는 세월이 흘렀음에도, 변함없는 이질감이 남아있었다.

'이것도 부작용의 하나겠지.'

겨우 화를 달랜 것인지, 생각에 여유가 찾아온 비요산이 나직한 한숨과 함께 옆으로 시선을 돌렸다.

유년기부터 청춘 그리고 황혼에 이르는 지금까지, 그의 곁을 지켜온 단 하나뿐인 친우이자 동료이며 절대적 신임의 대상인 호위대장 '라시칸 이베던' 이 보였다.

지금처럼 그가 폭발하려는 순간이 올 때면, 적절히 통제를 해 주는 고마운 친구이기도 했다.

물론, 라시칸도 한계점을 넘어선 그를 막는 건 쉽지 않았다. 하지만 지금처럼 이성이 남아있을 때, 그의 정신을 깨우는 건 어려운 게 아니었다.

나름 특별한 방법으로 목소리에 힘을 담는 법을 깨우친 덕분이었는데, 이 모든 게 그를 위해 배우고 익힌 공부였다.

그에게 고맙다는 눈짓을 보낸 비요산이 시선을 아래로 던졌다.

"쯧…."

박살나버린 책상과 함께, 이리저리 흩어진 보고서들이 보였다. 워낙 많은 서류들이 쌓여있었던 까닭인지, 조금 전까지 보고 있던 보고서가 어떤 건지 찾기가 어려웠다.

가볍게 혀를 찬 뒤, 의자 깊숙이 몸을 묻었다. 어차피 내용들은 머릿속에 들어있었다. 단지, 습관처럼 한 번 더 살피며 상황을 분석하려 했던 것뿐이었다.

가만히 눈을 감고 생각에 잠겨드는 그의 모습에, 라시칸이 조용히 한 걸음 물러나 어둠 속으로 몸을 숨겼다.

그 덕분에 더욱 편안하니 혼자만의 시간을 가지게 된 비요산은 현 상황을 찬찬히 돌아봤다.

'계획은 망가졌다.'

인정해야 할 부분이었다.

분명, 그를 비롯한 다른 칠성좌의 주인들은 이번 사태에 대해 비슷한 감정과 함께 공통된 결론을 내리고 있을 터였다.

'하지만… 물러나선 안 되겠지.'

짐작일 뿐이지만, 이 부분 역시 다른 칠성좌들도 비슷하게 판단할거라 여겼다.

어쩔 수 없었다.

국지전이라고는 하나, 전 대륙을 무대로 사건을 벌였고, 그 덕분에 암전은 그들과 연관되어 있는 뿌리의 일면을 드러내고야 말았다.

레드문을 비롯하여 그들 암전을 노리고 있는 루딘 용병단과 같은 대항세력들 대부분이 이를 알아챘을 것이다.

짐작컨대, 뱀파이어들의 배신을 통해 칠성좌에 대한 정보까지 넘어갔을 터이니, 그들에 대한 많은 정보가 올 한해에 팔려나간 것이나 다름없었다.

'그렇기 때문에, 더욱… 계획을 멈춰서는 안 되지!'

애초에 서쪽 끝에서 날아든 소문 하나 때문에, 전 대륙을 상대로 한 계획이 중단된다는 것 자체가 말이 안 됐다.

물론, 혼란스런 분위기를 유도하고 또 유지하며 국지전을 전면전으로 끌어올리려던 계획에 차질이 생긴 건 분명하다.

하지만 그 정도는 조금 더 힘을 쓴다면 얼마든 기존 계획대로 이어나갈 수 있는 부분이었다.

단지, 이번에 드러난 뿌리의 일면, 즉 왕국들을 칠성좌의 의도대로 이끄는 와중에, 이런저런 마찰이 발생할 수 있다는 게 문제라면 문제일 터였다.

혼란을 틈타 자연스레 전쟁의 규모가 커지는 것과 억지로 강제하여 키우는 건, 어느 모로 봐도 불만을 낳기에 충분한 요소였다.

자칫, 뿌리의 일부가 썩어버리고, 결국 잘라내야 하는 결과까지도 염두에 둬야 할지도 몰랐다.

'자른다라….'

최악의 상황을 가정해 둔 채, 새로이 계획의 진행 방향을 의논해야 할 때였다.

"여러모로 출혈이 크겠군… 후우…."

답답한 마음에 살짝 얼굴이 붉어지며 연공법의 부작용이 나오려 했지만, 심각한 건 아니었기에 가벼운 숨 고르기 만으로도 진정시킬 수 있었다.

"쉽지가 않군. 쉽지가 않아. 쯧!"

머릿속으로 떠오르는 한 단어에 그나마 머리를 정리할 수 있었다.

[제국!]

약속한 시간이 다가오고 있음에, 참고 버틸 뿐이었다.

❖ ✣ ❖

일인군단!

지금껏 초월자를 표현하는 가장 대표적인 단어였지만, 실제로 그 같은 위엄을 보여준 초인은 과거의 바르마스 검공 이후로는 나오지 않았다.

사실, 바르마스 검공처럼 홀로 일천의 기사단과 대치하게 될 만한 상황 자체가 발생하지 않은 이유도 컸고, 왕국 자체적으로 초월자를 보호하려는 움직임을 아끼지 않았기 때문에, 그런 상황이 만들어지기가 어렵기도 했다.

때문에 사신이 더욱 특별할 수밖에 없었다.

그 행보 하나하나가 전설의 한 자락을 차지하기에 부족함이 없었고, 신화적인 면모마저 보이려 하고 있는 만큼, 더 이상 그를 의심하는 이들이 없었고, 거기에 더해 그의 별좌를 다른 일곱의 가장 말석이 아닌, 최소한 중간 이상으로 보고 또 인정하는 흐름이 형성되고 있었다.

"흐… 이거 참."

대략적인 상황이 적힌 보고서를 읽는 에던의 입 꼬리가 자꾸만 슬금슬금 올라가려 했다.

애써 표정관리를 하려 해 봤으나, 결국 입이 귀에 걸리듯 상승하는 걸 막을 수는 없었다.

그 본인의 실력에 대해서는 자신할 수 있으나, 아무래도 세간의 평가라는 건 스스로의 자부심이나 자신감과는 달랐다.

크게 신경을 쓰지 않는다고는 하나 그래도 이렇게 문서로라도 확인을 하게 되면, 아무래도 기분이 좋아지는 건 어쩔 수 없었다.

특히, 그 평가가 극도로 높다는 걸 생각한다면, 이 같은 반응은 당연한 것일지도 몰랐다.

'크… 내가 생각해도 마무리가 좋았지.'

왕성 앞까지 도착해서, 그냥 창 하나만 꽂아두고 온 건, 다시 생각해도 멋들어진 장면이라 자화자찬하며, 스스로의 머리를 쓰다듬고 싶을 지경이었다.

실제로 레드문이 전해온 내용에도 이 같은 부분이 더욱 인상적이었다며, 사람들의 뇌리에 제법 깊게 남는 장면이며, 이야깃거리로도 제법 화제성을 낳는다고 했다.

어째서 그 부분에서 돌아갔는지, 왜 창을 던진 것인가 등등, 여러모로 의문과 함께 관심을 끌어 모으고 있다는 것이다.

"그래서 이젠 어떻게 할 생각인데?"

문득, 상념을 깨며 들어오는 레일라의 물음에 에던이 어깨를 으쓱이며 답했다.

"일단 기다려야지."

그 같은 결정을 내린 이유라면 간단했다.

"이쪽에서 한 번 치고 들어갔으니까. 다음은 저쪽 차례 아니겠어. 제 놈들도 당한 게 있으니, 본때를 보여주려고 하겠지."

칠성좌라 불리는 암전의 가장 오랜 뿌리의 힘이 어느 정도일지, 이참에 제대로 경험해 볼 생각이었다.

"뭐, 마냥 기다릴 생각은 아니야. 너무 오래 기다리게 만들면, 또 한 번 찔러줘야지."

여차하면 재차 저들의 심장부에 창을 박아놓고 올 생각이었다.

"기왕 밟는 건, 제대로 짓밟아 줘야 하지 않겠어."

먹이를 노리는 맹수의 그것마냥, 에던의 두 눈에 매서운 안광이 번뜩이며 지나갔다.

2. 균열!

2. 균열!

티브릭샨 왕실은 대대로 손이 귀하기로 유명했다.

그 때문일까?

기나긴 그들의 역사 속에서도 후계가 2명 이상 태어나는 경우는 극히 드물었고, 덕분인지 대대로 후계자 문제로 골치를 썩는 일이나 사건도 크게 발생한 적이 없었다.

그런 이유로 현 국왕의 계승은 여러모로 말이 많을 수밖에 없었다.

전대 국왕이 데이리덴이 과할 정도로 오랜 시간 후계 계승을 미뤘던 까닭인데, 그 와중에 노구에도 불구하고 새로이 후계를 보려던 움직임들이 수차례 드러나면서, 특히 더 많은 말들을 낳을 수밖에 없었다.

왕실파의 근간이 흔들리는 계기가 되면서, 귀족파의 목소리가 높아지던 시기이기도 했다.

물론, 워낙 단단한 왕실파의 영향력으로 인해, 그 같은 불손한 외침들은 금세 잠식되었지만, 중요한 건 왕실파 내부에 적잖은 갈등이 발생했었다는 점이었다.

전대 국왕이 과할 정도로 긴 시간 통치를 하는 사이, 귀족들은 각기 새로운 가주를 받아들이며, 새로운 흐름으로 넘어가고 있었건만, 왕실의 정점만은 고여 있던 까닭이었다.

새 술은 새 부대에 담으라는 말이 있듯, 새로운 가문의 주인들은 새 왕을 원하고 있었다.

이는 티브릭샨의 독특한 후계 계승절차에 따른 부작용이기도 했는데, 대대로 후계 준비를 하는 이들은 각 귀족들의 후계와 적잖은 교류를 하며, 대대적인 계승준비를 하고는 했다.

그 때문에 새로이 가문의 주인이 된 귀족들은 과거의 왕을 납득하지 못했다.

거기에는 뿌리를 모르는 이들도 있었지만, 그와 반대로 잘 알고 있고 깊숙이 발을 들이고 있는 가주들도 여럿 존재했다.

이 같은 불화가 생겼건만, 여전히 데이리덴은 후계를 물려주지 않았고, 그로 인해 생겨난 균열은 점차적으로 커져만 갔다.

리블렌은 그 틈을 파고들며 자신만의 세력을 키웠고, 조금씩 그 본인의 발언권과 영향력을 높이기 시작했다.

그러한 외침이 정점에 달했을 때, 데이리덴 역시 더 이상은 버티기가 어려웠던지, 결국 과거와 현재가 교차되는 계승의 순간을 받아들여야만 했다.

버티기 힘들었다는 게 결코 틀린 이야기는 아니었다. 실제로 흰머리가 그득하고 주름이 자글해진 데이리덴은 더 이상 후계에 대한 희망을 가질 수 없음에, 아들의 머리마저도 허옇게 변해버리기 전에 스스로 물러난 것이다.

물론, 그렇다고 하여 데이리덴의 영향력이 사라진 건 아니었다. 암전의 뿌리를 등에 진 그는 여전히 절대적이라 할 만한 수준의 발언권을 지니고 있었고, 티브릭샨은 수시로 전대 국왕의 입김에 흔들리고는 했다.

"뭐… 그것도 이젠 끝이지."

리블렌은 나직한 중얼거림과 함께 창밖을 내려다봤다.

먼저, 왕성의 모습이 시야에 잡히고, 그 너머로 티브릭샨 수도의 너른 거리가 동공가득 잠겨들었다.

세간에는 그의 거리라고 불리지만, 여전히 손에 닿지 않는 신기루 같던 세상이기도 했다. 그 실체 없는 잔상과도 같던 풍경이 드디어 손끝에서 그 존재감을 드러내는 느낌이었다.

'인세의 마왕이라….'

분명, 티브릭샨에 있어서는 굴욕적이라고도 할 수 있는

순간이었을 것이다.

한 개인에 의해 왕국의 수도가 침범당하고, 왕성의 성문에 상처를 입었다. 역사적으로 봤을 때도 유례가 없는 충격적인 사건이었다.

하지만 그럼에도 꾸욱 눌러 참았다.

'보여줘야만 했으니까.'

그의 부친이 지닌 힘이 어느 정도인지, 그를 따르던 이들에게 명확히 알려줄 생각이었다.

[암전이라는 것도 별 것 아니다!]

이곳 티브릭샨의 세력들에게 보여주기 위함이었다.

한 순간 떠올린, 조금은 엉성하다싶을 정도의 계획이었건만, 결과는 실로 놀랍다는 말로도 부족할 만큼 훌륭했다.

'과연… 이라고 해야 하나.'

사신이라 불리던 무렵부터 이미 그 명성에 대해서는 잘 들어 알고 있었다.

특히, 부친이 암전의 뿌리에서도 무려 칠성좌의 주인이며, 그 역시 일부나마 이면 세상에 발을 들이고 있던 만큼, 그에 대해서 모를 수가 없었다.

때문에 그의 침입 소식에 작게나마 기대를 걸어봤었다. 의도적으로 부친의 부름을 무시하며 상황을 주시했다.

'상상이상이었지.'

이곳에서는 동문거리에서부터 이어지는 풍경도 잘 보였

고, 덕분에 더더욱 침입자의 능력도 제대로 감상할 수 있었다.

그 놀라운 결과로 인해, 아직 데이리덴을 따르는 이들이나 뿌리에 한 발씩 걸치고 있던 이들 역시도, 점차 부친과 암전의 능력을 의심하기 시작했다.

어찌되었건 한 개인의 무력을 감당하지 못한 세력이었다. 누가 거기에 충성을 맹세하며 맹목적인 신뢰를 보내주겠는가.

거기에 더해, 결정적인 마침표를 찍어줄 상황 혹은 사건이 준비 중이기도 했다.

[당했으면 갚아줘야겠지. 으득!]

그 같은 이유로 부친은 그가 지닌 전력의 대부분을 움직이기로 결정을 내렸고, 그에 따라서 왕국 곳곳에서 은밀하고도 음습한 움직임이 시작되고 있었다.

이미 여기까지 왔다는 점에서, 리블렌은 자신의 승리를 예감했다. 아니, 확신했다.

분명, 데이리덴이 지닌바 전력 전부를 꺼내들 거라 이야기하기는 했지만, 그 말은 그대로 믿지는 않았다.

그를 견제하기 위해서라도 일정부분은 숨겨두고 있을 거라 여겼다. 하지만 그럼에도 불구하고 상당수의 전력들이 이번 임무에 투입될 거란 부분은 사실일 거라 여겼다.

인세의 마왕!

그는 그 정도로 위협적인 대적자이기 때문이다.

이 같은 정보를 토대로 부친의 전력규모를 좀 더 확실히 짐작할 수 있다는 부분에서 일차적인 성공이었고, 거기에 더해 괴물 같은 침입자와의 전투에서 적잖은 피해를 입는다면 이차적인 성공이라 할 수 있을 것이다.

'전멸해 준다면 더 고맙겠지만….'

거기까지는 아무래도 과한 바람이라고 여겼다.

'제 아무리 인세의 마왕이라 불리는 그일지라도….'

성난 노 괴물의 마지막 이빨과 발톱만큼은 감당할 수 없을 터였다.

그럼에도 불구하고 한줌 기대감이 드는 이유는 무엇일까?

'후우… 모르겠군.'

마치 기다리듯 데이리덴의 반격을 기다리고 있는 에던의 대응 때문일지도 몰랐다.

'정말, 혹시 모를 일이니… 만약의 상태에도 대비하는 게 좋겠지.'

작게 고개를 끄덕이던 그가 이내 창밖으로 향하던 시선을 거둬들였다.

잠시 상념에 빠져 흘려보냈던 휴식시간은 여기까지였다. 티브릭샨의 국왕으로써 다시금 업무에 전념해야 할 시간이었다.

"후우…."

가슴 깊은 곳에서부터 우러나오는 진심어린 한숨과 함께, 그가 자리에 착석했다. 산처럼 쌓인 서류들이 그를 기다리고 있었다.

주름이 절로 깊어지게 만드는 광경이었다.

❖ ✣ ❖

예상했던 그대로라고 해야 할까?

"왔네."

나직한 중얼거림과 함께, 에던은 자리에서 일어났다. 곁에서 지켜보던 레일라 역시 그 뒤를 따르려는데, 에던이 손을 뻗어 그녀를 다시 앉혔다.

"쉬고 있어."

이번만큼은 그 혼자 마무리를 하고 싶었다. 애초에 그가 멋대로 움직여서 만들어진 결과이기에 더욱 그런 생각이 드는 것일지도 몰랐다.

"심심하면, 육포나 씹으면서 구경하고."

여정을 위해 구입해놨던 만큼, 하루 종일 먹으며 구경할 만한 양은 충분히 준비되어 있었다.

끼이이익…

문을 열고 나가자 제법 그럴싸한 폭포와 함께 멋들어진 계곡의 풍경이 그를 반겼다.

이 같은 장소에서 휴식을 취하고 있던 이유는 별 것 아니었다.

"아무래도 거리 한복판에서 학살극은 좀… 그렇잖아."

앞서 티브릭샨의 수도에서도 피를 보는 일만큼은 최대한 자제했었다.

사자검이 벌인 수작으로 인해 과할 정도로 피가 범람하며, 으슬하고 오싹한 풍경을 자아내서 그렇지, 암전과 관련 없는 이들 중 검에 베인 이들은 한 명도 없었다.

'아마도….'

쩝쩝 입맛을 다신 에던이 주변을 스윽 둘러봤다.

"휘유… 많이도 왔네."

포위하듯 에워싸고 있는 이들만 헤아려도 족히 세 자릿수 중반은 되어보였고, 그 너머로 숨어있는 이들과 감각권에 잡혀드는 이들까지 전부 세어본다면, 네 자릿수 중반은 충분히 넘을 것 같았다.

더욱 놀라운 건, 저 모든 병력이 만만찮은 실력자들이라는 점이었다.

'정예로 오천가량이라….'

말 그대로 기사 오천이라고 봐도 과언이 아니었다. 저들이 암전 뿌리에서 준비한 정예라는 걸 생각한다면, 오히려 그 이상이라고 봐야 옳을 듯싶었다.

일단, 드러난 이들의 얼굴 면면을 먼저 살폈다.

'정상은 아니네.'

한 눈에 봐도 멀쩡하단 느낌이 들지 않았다. 시꺼멓게 죽어있는 눈빛이나 창백하니 탈색된 얼굴까지, 누가 봐도 문제가 있어보였다.

얼핏 봐서는 병약한 환자처럼도 보였지만, 감각이 말하길 저들 하나하나가 상당한 실력자라고 전해왔다.

'하지만….'

상성문제라고 해야 할까?

'…또 진수성찬인가.'

저들에게서 흘러넘치는 이 독특한 기운을 모를 수가 없었다.

[마기!]

사자검의 기분 좋은 울음소리가 들려왔다.

웅… 우웅… 웅…

분명, 저들은 무시할 수 없는 실력자들일 게 확실하지만, 그럼에도 불구하고 차라리 조금 부족한 수준이더라도 정상적인 강자들이 더 위협적일 거란 생각이 들었다.

'만들어낸 가짜들로는….'

이 선명한 궤적들을 생각한다면, 저들은 상성적인 면에서 더더욱 에던의 상대가 될 수가 없었다.

"그래. 오늘도 맘껏 포식 한 번 해 봐라."

가볍게 검면을 두드린 에던이 한 걸음 내딛는 순간, 무수히 많은 화살이 그를 향해 쏟아져 내렸다.

'전쟁인가.'

저들이 어떤 마음으로 그를 찾아왔는지 알 수 있는 출발이었다.

그로써는 낯설지 않은 시작이기도 했다.

❖ ✣ ❖

미친 짓이라는 생각 밖에 들지 않았다.

'아무리… 여왕님께서 인정한 분이라지만, 그래도 이건….'

말도 안 돼는 행동이었다.

하지만 막을 수 없었다. 애초에 그럴 권한이 허락되지 않았다.

[나를 대하듯 하라!]

그들의 주인이 내린 명령 때문이었다.

밤의 여왕!

그녀에게서 직접 내려온 명령이기에, 감히 그의 행보를 막아설 수가 없었다.

물론, 자그마한 조언 정도는 할 수 있었다.

여왕의 가시를 총괄하다시피 하는 '스텔라'의 위치를 생각했을 때, 작게나마 목소리를 내는 건 가능했다. 하지만 목청을 높이지 않는 한 그의 '미친 짓'을 막기란 어려워 보였다.

때문에 물러나야만 했고, 말을 아낄 수밖에 없었다.

'…에던 운트!'

점차적으로 살아있는 전설이 되어가는 사내였지만, 아직까지는 전설 그 자체라고 하기에는 부족한 시기라고 여겼다.

그런 까닭에 이 미친 짓이 더욱 이해가 되질 않았다.

[제 위치를 슬쩍 흘려주십시오.]

그처럼 말한 뒤 스스로를 궁지로 몰아넣는 행위를 어찌 설명해야 하겠는가.

레드문이 지니고 있는 비밀 거점 중 하나를 통째로 말아먹는 것도 맘에 안 들기는 했지만, 그의 행보에 비한다면야 이 정도는 그다지 중요한 부분이 아니었다.

'하긴… 티브릭샨의 수도를 칠 때부터 이미 정상이 아니었지.'

갑작스레 그들이 쫓을 수 없는 속도로 이동을 하는가 싶더니, 돌연 저 멀리 티브릭샨의 수도에서 사건이 터졌다.

말 그대로 계획에도 없는 상황이었고, 그 때문에 적잖게 당황해야만 했다. 물론, 그럼에도 불구하고 착실히 상황을 풀어나가며, 암전에 크게 한 방 먹이기는 했다.

하지만 통쾌하다는 생각이 들지는 않았다. 당시 레드문의 정보부가 얼마나 고생을 했는지 잘 아는 까닭이었다.

다행이라고 한다면 이후의 2차적인 결과까지 좋았다는 점일까?

'설마… 리블렌 국왕이 직접 연락을 해 올 줄이야.'

티브릭샨의 전대 국왕과 현 국왕 사이에 발생한 대립에 대해서는 어느 정도 짐작을 하고 있었다.

하지만 그게 설마, 암전을 배신하게 만들 정도의 마찰이었을 거라고는 생각지도 못했던 부분이었고, 때문에 리블렌의 연락은 여러모로 의외일 수밖에 없었다.

당연하게도 그를 믿지는 않았다.

하지만 그가 건넨 자료들 중에는 제법 구미가 당기는 내용들이 그득했고, 한 번쯤은 손을 잡는 것 정도는 가능하다고 여겼다.

'그것도 이번 결과에 달려 있겠지만.'

스텔라는 저 멀리 거점의 외곽을 크게 둘러싸고 있는 티브릭샤의 병력들을 보며 조용히 몸서리를 쳤다.

그녀 스스로 제법 차고 넘치는 실력자라 자부하고 있건만, 저 병력들이 보여주는 기세는 하나하나가 심상치가 않았다.

뒤에서 지켜보는 것일 뿐임에도 불구하고, 긴장감에 절로 손바닥이 축축해지는 기분이었다.

'이건… 정말 미친 짓이야!'

목소리를 높여야 했다. 말렸어야 했다. 왜 그러지 못했을까.

이런저런 후회가 물밀 듯 밀려들었다.

'제발….'

그저 간절히 바라고 또 바라는 것, 그것만이 할 수 있는 전부일 뿐이었다.

바라건대, 그들의 주인이 슬퍼하는 일이 없기를,

'부디….'

간절히 염원하며 손을 모았다.

❖ ✣ ❖

목표물을 제거하는 건 더 이상 중요치 않았다.

'결과가 어떻게 나오든… 실패인가.'

이번 사건을 계기로 지지기반을 비롯한 그간의 영향력이 전부 무너져 내릴 것임을 아는 까닭이었다.

그렇게 생각한다면, 이 상황 자체를 외면하고 무시하며 지나치는 걸 선택할 수도 있었을 것이다.

하지만 그건 차마 자존심이 허락하지 않았다.

[칠성좌!]

그는 저 어둠 이면의 세상을 지배하는 절대자들 중 한명이기 때문이었다.

"후우…."

데이리덴은 나직한 한숨과 함께 현 상황의 최대 문제점을 떠올려봤다.

'에던 운트….'

확실히 그가 시발점이 되기는 했다. 하지만 결국 생각해보면 도화선은 언제나 마련되어 있었다.

"리블렌."

단 한 명밖에 없는 아들이자 후계자이며, 현 티브릭샨의 국왕이야말로 그의 진정한 문젯거리이며 대적자라 할 수 있을 것이다.

지닌바 전력 대부분을 목표물을 잡고자 끌어냈다.

거기에는 다양한 의미가 포함되어 있었는데, 가장 결정적인 이유는 하나였다.

[세대교체!]

진정한 의미로써 그가 지니고 있던 권좌를 리블렌에게 물려주고자 하는 것이다.

'설마… 레드문과 손을 잡으려 할 줄이야.'

생각지도 못했던 아들의 행동이 결정적이었다. 이미 암전의 뿌리는 레드문을 '적' 으로써 간주하고 있는 상황이었다.

그 같은 상황에서 칠성좌를 한 자리를 물려받아야 할 리블렌이 레드문에 손을 내밀었다.

더는 칠성좌의 한 자리를 지키기가 어렵다는 걸 깨달았고, 시대의 변화를 인정해야만 했다.

암전에서는 그들의 위기를 외면했고, 아들인 리블렌은 암전과 등지기를 원하고 있었다. 그 교차점에 서 있는 데이리덴은 여기서 선택을 할 수밖에 없었다.

암전과 리블렌!

양자택일의 순간, 그가 내린 결론은 제 3의 선택지를 만드는 것이었다.

둘 다 놓아버리는 것!

지닌바 암전의 세력을 최대한 끌어내어 아들에게 알려줄 생각이었다.

[우리의 힘이 이 정도다!]

이는 암전에게도 보내는 경고였다.

[너희는 이걸 버린 거다!]

서로에게 경고와 경각심을 불어넣는 한편, 리블렌으로 하여금 암전 뿌리의 그늘을 걷어낼 수 있는 기회를 주고자 하는 의도가 더 컸다.

전력을 꺼내들었지만 전부를 내세운 건 아닌 만큼, 지금 보여 지는 걸 기준으로 리블렌이 숨겨진 암수들을 전부 파헤치고, 온전히 티브릭샨의 주인으로 거듭나기를 원했다.

그런 의미에서, 이번 임무는 특별할 수밖에 없었다.

'내 마지막 일거리인가.'

생각해보면 슬슬 버겁고 또 힘겨운 상황이었다. 노구를 이끌고 여기까지 잘 끌어온 것도 같았다.

이제는 그만 무거운 짐을 내려놔도 될 듯싶었다.

'그런 의미에서… 마무리는 확실히 해야겠지!'

목표물의 제거!

버림받았고 또 놓아버리기로 했다지만, 그간 지켜왔던 권좌에 대한 자부심은 아직 남아있었다. 마침표는 확실히 찍어놓을 생각이었다.

투입한 전력들을 생각해 봤을 때, 실패는 결코 생각하기도 어려웠다.

'하지만….'

이 알 수 없는 불안감의 정체는 무엇일까?

'…모르겠군.'

어차피 이미 패는 던져졌고, 판은 굴러가고 있었다. 남은 건 결과를 기다리는 것뿐이었다.

❈ ✣ ❈

시작은 화살이었다.

마치, 전쟁을 생각나게 만드는 짙은 죽음의 향을 풍기며 화살은 정확하게 그를 향해 떨어져 내렸다.

정면으로 쏟아지는 건 기본이며, 전후측면의 모든 퇴로를 제압하며 떨어지는 화살까지, 그야말로 전형적인 전장의 풍경이란 생각이 들었다.

조금 다른 게 있다면, 일반적인 병사들이 쏘아대는 화살과 달리, 저 날아드는 화살 하나하나가 어마어마한 거력을 품고 있다는 점이랄까?

길이 없다는 결론이 나왔다.

'없으면 만들어야겠지.'

짧게 숨을 고르며 검을 쥔 손에 힘을 더했다. 사자검이 우렁차게 포효했다.

순간, 한 줄기 검은 뇌전이 하늘을 향해 솟구쳤다.

콰르르르르릉…

대기가 찢어지듯 비명성을 내지르고, 에던을 중심으로 반경 10여 미르의 공간 안으로 하얀 안개가 피어났다. 쏟아지던 화살들이 먼지가 되어 흩날리며 만들어낸 풍경이었다.

순간, 달려들 준비를 하던 전방의 불청객들이 주춤하는 게 보였다. 생각지도 못한 광경 이었으리라.

쏟아지던 화살 역시도 잠시 멎었다. 그들 역시 예상을 벗어나는 상황에 잠시 당황하며 시위를 놓쳐버린 것이다.

이 잠깐의 틈은 치명적인 실수로 이어졌고, 포식자로 하여금 피식자들의 무리 속으로 뛰어드는 시간을 허락하고야 말았다.

그야말로 양떼를 누비는 이리마냥, 에던은 가차 없이 검을 휘둘렀고, 죽음을 회수했으며, 시체를 쌓아올렸다.

"으아아아아아-!"

절규 섞인 비명성을 내지르며 불청객들이 달려들었다. 암전의 실험 속에서 감정적인 거세를 당했을 것이 분명한 실험체들이건만, 그들은 두려움을 느끼며 공포에 잠식되고 있었다.

이는 사자검이 지닌 능력 혹은 권능이었다.

생사를 관장할 뿐만 아니라 생각의 이면 가장 깊은 곳, 어둔 감정의 골짜기 깊숙한 곳에 잠식되어, 가리고 숨겨진 본능의 일부분을 자극하며 끌어올릴 수 있는 권한도 부여받은 검이었다.

사자검은 그들의 감춰지고 봉인되었던 감정을 일깨운 것이다.

하지만 그럼에도 불구하고 불청객들은 뒤로 물러나지 않았다. 마치 그들은 전진밖에 모른다는 듯, 울부짖으며 절규

하는 와중에도 꾸역꾸역 걸음을 내딛고 있었고, 몸을 던지며 칼을 휘둘러왔다.

동료를 베어도 상관없다는 듯, 막무가내로 휘두르는 이들도 있었지만, 분명한 건 에던을 노리며 달려들고 있다는 점이었다.

확실히 이런 부분은 에던으로써도 부담스럽게 여겨질 수 있었다. 하지만 그럼에도 불구하고 물러날 이유를 느끼지 못했다.

주변 가득 피어나는 죽음의 그림자 속에서, 사자검은 신명나서 칼춤을 추고 있고, 그의 몸짓도 거기에 따라 이리저리 춤사위를 따라하는 중이었다.

사방에 넘쳐나는 궤적들을 따라 그림을 그리고 거기에서 피어나는 죽음을 땋아 검고 붉게 채색을 덮고 또 덧씌워간다.

물러나야 할 이유가 없는 것이다.

푸욱!

한 순간, 짜릿한 통증과 함께 옆구리에서 핏물이 솟구쳤다.

“이…놈들이….”

절로 눈살이 찌푸려지는 광경을 발견했다. 아군의 등 뒤에서 등을 타고 복부를 꿰뚫으며 그에게로 칼을 쑤셔 박은 것이다.

그들의 눈빛과 얼굴 표정이 새삼 동공에 박혀들었다. 눈가에 이는 경련은 두려움을 내비치건만 얼굴 전체적인 변화는 감정의 표출을 지워내고 있었다.

입은 절규하나 표정은 절제하는 것이다. 암전에서 이들을 어떻게 키워내는지 새삼 깨달았다.

병기!

사람의 굴레를 벗겨내고, 그릇된 탈을 씌운 것이다.

으득!

일순간 춤사위가 거칠어졌다. 맘에 안 드는 광경에 분노가 일었고, 사자검은 그 황홀한 감정에 취해 더욱 뜨거운 불길을 토해냈다.

콰르르르르륵…

돌이건 바위건 걸리는 족족 갈라지고 찢겨지며 터져나갔다.

"으아아아아아-!"

그 역시 절규에 가까운 비명성을 내지르며 그 사나운 감정의 소용돌이를 한껏 발산하고 폭발시켰다.

사자검은 훌륭히 그 모든 울분을 받아내며 세상에 표현해줬고, 불청객들은 순식간에 그릇된 가면을 벗어던지며, 심연의 세상 깊은 곳으로 안내되어갔다.

❖ ✣ ❖

"미쳤군… 미쳤어!"

그 외에는 마땅한 단어가 떠오르지 않았다.

[티브릭샨이 무너졌다!]

암전의 뿌리를 지켜오던 칠성좌의 한 자리가 뜯겨나간 것이다.

'이건, 아니다.'

권좌를 줄이기로 계획을 잡고 있었지만, 이런 식으로 줄어드는 건 원하던 방향이 아니었다.

애초에 상상할 수도 없던 방식이기도 했다.

[1대 5000.]

실질적으로는 6000이 넘는 수였지만, 억지로 거기까지 줄였다. 이미 소문이 퍼져나가고 있음에, 조금이라도 규모를 축소시키고자 한 것이다.

물론, 그렇게 해서 얻어낼 이득이라는 게 별달리 없다는 게 문제기는 했지만, 어쨌든 있는 그대로 알려지는 건 피해야 했다.

전해지기로는 소문의 한편에 서 있는 게 티브릭샨의 기사라며 전해지고 있지만, 알만한 이들은 그 정체가 암전에 있음을 다 알고 있었다.

당연하게도 이를 토대로 암전의 전력분석이 나올 수도 있으며, 경계심 역시 한층 커지는 악영향을 끼칠 가능성도 높았기 때문에 진실을 최대한 가리고자 했다.

뿐만 아니라, 이번 소문의 주인공인 에던 운트에 대한 능력 역시도 어떻게든 깎아내는 게 중요했다.

기존의 정보를 토대로 그 절반가량까지 잘라내려 했지만,

레드문의 움직임에도 대처해야 하는 까닭에, 5000까지 내리는 게 한계였다.

지금도 꾸준히 그들은 깎아내고 레드문은 올려붙이는 작업이 한창이었는데, 아무래도 이 점에 있어서는 레드문보다 그들 암전이 좀 더 유리한 위치에 있었다.

'쯧… 그나마 다행인가.'

아무래도 깎아내는 게 조금은 더 쉬운 것인데, 굳이 이유를 들자고 한다면, 5000이라는 숫자 자체가 너무 말도 안 되는 만큼, 일반적인 상상의 영역 바깥에 있는 까닭이었다.

소문을 듣는 이들이 쉬이 납득하지 못하는 그런 어마어마한 숫자였던 것이다.

그나마도 이 전에 해놨던 사건들이 있기 때문에, 그럭저럭 받아들이고는 있었는데, 암전은 바로 이 같은 어중간한 분위기들을 찌르며 열심히 그 수를 깎아내리는 중이었다.

어쨌든 당장 중요한 건 이런 부분이 아니었다.

'티브릭샨이 그렇게 끝나서는 안 되는 것인데… 으음!'

비요산은 상상하던 그림과 전혀 다른 구도로 펼쳐지고 있는 현 상황에 절로 눈살이 찌푸려졌다.

그가 구상하고 있던 건 이런 게 아니었다.

칠성좌의 일원으로써 티브릭샨의 내부사정을 어느 정도는 알고 있는 만큼, 결국 그들이 칠성좌의 권좌를 제대로 이어나가지 못할 거란 것 정도는 알고 있었다.

이번 계획이 아니었더라도 결국 저들의 자리는 사라졌을 것이다.

하지만 그렇다고 해서 암전에서 아예 배제되는 걸 원한 건 아니었다.

비록 그 권좌는 사라졌을지언정 뿌리의 일원으로써, 여전히 함께하는 그림을 보고 있었다.

그 와중에 지니고 있던 발언권과 영향력 그리고 세력들은 자연스레 주변 뿌리의 일원들에게 흩어져 나눠지는 것, 거기까지가 구상하던 그림이었다.

그리고 이후 차분히 그것들을 거둬들이는 게 그의 역할이었다.

다른 칠성좌들과 달리 그의 벨시스트라 왕국은 서대륙과 가까이에 붙어있는 만큼, 충분히 가능한 구상이라고 여겼다. 하기에 따라서는 기존에 티브릭샨이 지녔던 서대륙에 대한 발언권을 가져오는 것도 가능했을 것이다.

하지만 이 같은 그림을 찢어버리는 상황이 발생했다.

"티브릭샨의 탈퇴라…."

좋지 않았다.

티브릭샨에 그들의 정보가 어느 정도나 남아있을지 모른다는 부분도 문제였지만, 갑작스레 기둥 한편이 무너져 내린 격인지라, 암전의 전체적인 균형도 비틀릴 수밖에 없었다.

거대한 균열이 뿌리 깊숙한 곳에 새겨진 것이다.

"빌어먹을 영감탱이!"

이 같은 결과가 나온 게 결국 데이리덴의 선택으로 인한 것임을 알기에, 그를 향한 분노가 일어날 수밖에 없었다.

[너희에게 먹힐 바에야, 그냥 땅바닥에 버려버릴 것이다!]

데이리덴의 각오가 일부 느껴지는 결과이기도 했다.

"후우…."

골머리가 아파왔다.

당연하게도 이 같은 통증과 고민은 다른 칠성좌들 역시 공통적으로 나누고 있을 부분이었다.

암전의 역사상 유례없는 사건이며 사고였다.

❖ ✣ ❖

상상도 못했던 일이었다.

"허… 설마 이런 식으로 마무리를 짓게 될 줄이야."

데이리덴은 막연히 뒤따르던 불안감이 현실이 되어버린 상황에, 연신 의미모를 헛웃음만 터트려야만 했다.

자연스럽게 전력을 잃고 세력을 잃어버린 그는 왕궁의 가장 외진 곳으로 거처가 옮겨졌고, 왕실에 존재하는 모든 시야의 바깥에 머물러야만 했다.

[그동안 고생하셨습니다.]

기사단을 통해 보내온 전언에 입맛이 썼다.

직접 찾아오지도 않는 아들의 모습에서, 그간 부자사이에 새겨진 골의 깊이를 새삼 실감할 뿐이었다.

물론, 그가 아는 리블렌의 성격을 생각해 본다면, 언젠가는 다시 찾아 줄 것이라고 여겼다.

'생각해보면 그 성격이 문제였지.'

칠성좌가 지닌 힘의 균형이 절정에 달한 이 때, 그 한쪽의 기둥을 담당하는 티브릭샨의 주인이 그 같은 성격을 지니고 있는 건 옳지 않았다.

때문에 더욱 거칠게 몰아붙였고, 작게나마 성과도 거두기는 했다.

하지만 그 본성을 바꾸지는 못한 모양이었다.

'어미에게서 일찍 떼어놨어야 하는 것을… 쯧!'

그가 아닌 모친의 영향을 크게 받았다는 걸 뒤늦게 알았다.

리블렌의 모친은 왕실의 하녀들 중 한명으로써, 기억하기로는 참으로 순하고 선한 사람이었다.

그 성품이 어떠하건 중요한 건, 그녀가 하녀였다는 점이었고 신분적인 문제가 있다는 부분이었다.

계획적이지 않은 순간의 실수에 가까운 하룻밤의 유희였다. 여러모로 말이 많을 수밖에 없던 부분이기도 했다.

이 같은 말썽들을 해결하기 위해서라도 리블렌은 칠성좌의 주인이 되어야만 했다.

'뭐… 제 녀석 나름대로 잘 해결한 것 같으니. 흘….'

부친인 데이리덴을 공공의 적으로 만듦으로써, 따르는 이들에게 더욱 높은 발언권과 영향력을 획득해낸 것이다.

입맛이 썼다. 하지만 이 역시 나쁘지는 않다고 여겼다. 게다가 또 다른 지원군이 생겼음을 알기에, 고개를 끄덕이며 넘길 수 있었다.

'레드문이라….'

그들과의 공존이 제대로만 이뤄진다면, 리블렌은 그 나름의 날개를 얻어낼 수 있을 터였다.

특히, 레드문이 따르는 이를 생각한다면, 최악은 피할 수 있을 거란 생각이었다.

'에던 운트!'

그에게는 최악이었지만, 리블렌은 도약의 발판을 얻게 될 수도 있기에, 씁쓸하게나마 미소를 지을 수 있었다.

'그나저나… 정말, 말도 안 되는 인물이군.'

한 개인을 상대로는 과하다 싶을 정도로 많은 전력을 쏟아 부었다.

그의 병력이기에 더더욱 그 파괴력을 잘 알고 있었다.

하고자 한다면, 자그마한 왕국의 수도 정도는 단번에 꿰뚫어 버릴 정도로 무시무시한 전력이었다.

그럼에도 불구하고 한 개인에게 막혔다.

'괴물이라는 말로도 표현이 부족하군.'

특히, 그 전력 안에 숨겨져 있던 비장의 카드를 생각한다면, 더더욱 이는 말이 안 되는 부분이기도 했다.

[초월자!]

그가 내보냈던 이 마지막 임무에는 그동안 꼭꼭 숨기고 또 아껴왔던 별빛의 주인이 함께하고 있었다.

하지만 빛은 사라졌고 별은 떨어졌다. 더는 찬란할 수 없을 것이다.

"별의 영역, 그 너머라는 것인가."

나직한 중얼거림 끝에 기나긴 침묵이 내려앉았다.

"후…."

옅은 한숨소리와 함께 그의 시선이 창밖으로 향했다.

무성한 나뭇가지와 그득한 수풀이 바깥의 풍경을 적절히 차단하고 있는 게 보였다.

이곳은 그의 감옥과도 같았다.

"아니. 무덤인가… 흘…."

지쳐버린 얼굴로 그가 침대 깊숙이 몸을 뉘였다. 스스로도 그동안 할 만큼 했음을 잘 알고 있기에, 이제는 정말 쉬고 싶을 뿐이었다.

❖ ✣ ❖

한 차례 파괴적인 사건을 터트린 덕분일까?

에던과 레일라는 생각보다 빠르게 티브릭샨을 벗어날 계기를 마련할 수 있었다.

[벨시스트라 왕국입니다!]

레드문이 다음 목적지를 전해온 것이다. 헌데, 그 정보의 출처가 실로 놀라웠다.

[리블렌 브릭샨!]

이번 사건의 중심지인 티브릭샨 왕국의 국왕이 바로 그 정보를 건네줬다는 것이다.

전대 국왕과 암전 그리고 리블렌 사이의 갈등을 전해 듣고 나서야 그럭저럭 상황을 이해하고 받아들일 수 있었다.

에던이 보여준 파괴력이 결정적이었다고 했다.

암전에서 왜 그를 대적자로 여기며 경계하는지 알게 되었고, 충분히 그와 손을 잡아도 괜찮다는 결론을 내렸다는 것이다.

연결고리를 생각해 봤을 때, 그 중계역할을 레드문이 도맡게 되었음은 당연한 수순이었다.

"벨시스트라 왕국이라…."

그곳으로 향하면서 에던은 새삼 암전 뿌리의 형태가 완성되는 느낌을 받았다.

이미 상당부분 정보가 모여 있기도 했지만, 이번 벨시스트라 왕국에 대한 언급으로 인해, 그 정보의 완성도가 높아진 것이다.

"칠성좌가 확실한 것 같은데."

에던의 이야기에 레일라 역시 고개를 끄덕이며 동의했다. 그리고 이 같은 결론으로 인해 앞으로의 여정을 꾸리는 것도 한결 쉬워질 터였다.

물론, 그렇다고 해서 여정 자체가 편안해진다는 의미는 아니었다.

상대는 무려 암전의 뿌리였다.

"뭐… 어렵다는 것도 아니지만."

에던은 그 같은 반응을 보이며 어깨를 으쓱였다.

티브릭샨에서 일정을 계기로, 그는 확실하게 자신감을 얻었다.

별의 영역을 넘어섰지만, 그 스스로가 아직도 부족하다는 걸 알기에, 일말의 불안감이 남아있었다.

물론, 그 같은 생각을 하게 만드는 대상에도 문제가 있기는 했다.

크라이드만!

무려, 드래곤 로드라고 불리는 존재가 아니던가.

'하지만 정상도 아닌데다가, 폴리모프 상태니까.'

제대로 된 마법을 사용하지도 못하고, 오로지 순수한 체술만으로 에던을 압도하던 크라이드만의 모습은 지금도 뇌리 깊숙이 각인되어 있었다.

하늘에 닿았다고 할 만한 경지를 이뤘지만, 그럼에도 불구하고 여전히 크라이드만의 존재는 '벽'과 같았다.

그 때문인지 일말의 불안감이 있는 게 사실이었다. 하지만 티브릭샨을 거치면서 이 같은 부분들을 말끔히 해소할 수 있었다.

물론, 여전히 크라이드만의 모습이 뇌리에서 지워진 건

아니었다. 하지만 스스로에 대한 확신을 얻었다는 건 중요한 부분이었다.

그런 의미에서 벨시스트라로 향하는 에던의 걸음에 주저함이 생길 이유가 없었다.

하지만 어쩐 일인지 에던은 벨시스트라를 목전에 두고 발길을 돌리고 있었다.

“일단, 벨시스트라로 향하기 전에… 살짝 돌아가는 건 어떨까?”

생각지도 못한 그의 발언에 레일라가 의문을 표했다. 에던이 쓰게 웃으며 입을 열었다.

“그냥, 여기는 다음으로 미루자.”

이 부분에서 레일라는 의문을 느끼면서도 결국 그의 뜻을 따르기로 결정했다.

지금 당장은 그의 표정이 심상찮은 까닭에, 묻기가 어려웠다. 물론, 그렇다고 하여 궁금한 걸 그대로 놔둘 생각은 없었다.

‘나중에 물어봐야지.’

궁금증과 호기심 그리고 아는 것에 대한 갈망은 그야말로 마법사가 지닌 본능과도 같았다. 기회가 되는대로 알아내고야 말 생각이었다.

중앙대륙의 서북부 지역에 위치한 벨시스트라 왕국은 그렇게 생각지도 못한 와중에 태풍을 피해갈 수 있었다.

❖ ✣ ❖

제대로 된 수련에 전념하고 있는 까닭일까?

아무래도 본연의 역할을 제대로 수행하기가 어려울 수밖에 없는 게 사실이었다.

하지만 그럼에도 불구하고 꾸역꾸역 일정을 진행하면서도, 한쪽 귀 정도는 제 역할을 위해 열어 놓았다.

[밤의 여왕!]

지닌바 위치가 주는 무게감 때문이었다.

셰릴은 그렇게 열어놓은 귀를 통해 작게나마 에던에 대한 소식을 전해들을 수 있었다.

"벨시스트라를 피해간다라."

여왕의 가시들을 총괄하는 여인, 스텔라가 가져온 정보를 듣던 셰릴의 눈가에 이채가 스쳐갔다.

"변함없네."

에던은 오래전, 밑바닥의 진창을 굴러다니며 자그마한 의뢰 하나하나에 허덕이던 무렵에도, 저곳 벨시스트라와 관련된 의뢰만큼은 받은 적이 없었다.

굳이 그 이유를 들자면 간단했다.

[고향!]

돌아가야 하지만 돌아갈 수 없고, 또 돌아가기 싫은 장소이기도 한 만큼, 그렇게 발길을 돌리고 또 고개를 돌리며 귀를 닫고 눈을 감아온 것이다.

고개를 끄덕이며 납득했다.

'차라리 잘 된 걸지도 모르지.'

이번 티브릭샨의 사건을 계기로, 서대륙의 암전은 전체적인 혼란을 겪고 있을 터였다.

당연하게도 벨시스트라 왕국의 부담도 커질 터였다.

어찌 되었건 벨시스트라는 서대륙에서 가장 가까운 칠성좌의 일원인 까닭이었다.

물론, 그 같은 부분을 찌르며 들어간다면, 더욱 손쉽게 저들을 해체하는 게 가능할지도 모르겠으나, 지금 상황에서는 이 같은 부분을 이용하며, 에던에게 좀 더 자유로운 활동 범위를 허락할 수 있을지도 몰랐다.

어떤 선택을 하건 각 상황에 맞는 일장일단이 있는 것이기에, 최대한 단점보다는 장점을 부각하며 연결 지을 생각이었다.

"뭐, 이건 이렇게 넘어가면 되는 거고…."

당장 중요한 건 이런 게 아니었다.

'1대 5000이라….'

앞서 접했던 티브릭샨의 사건은 언제나 충격이며 자극이 되는 소식이었다. 매번 이를 상기하며 스스로를 채찍질하는 중이기도 했다.

어느새 그는 저 멀리 걸어가고 있었다.

그 뒤를 어떻게든 따라잡기 위해서라도, 그녀는 지금 이곳에서의 수련을 확실히 마무리할 필요가 있었다.

"그가 불편하지 않도록, 최선을 다해."

스텔라에게 명을 내리며, 그녀는 한 차례 더 도약하기 위한 수련관으로 향했다.

❖ ✣ ❖

바짝 긴장하고 있었던 까닭일까?

"대체, 언제 오는 거야?"

기다리던 이들의 소식이 없음에 적잖게 당황해야만 했다.

"설마… 다른 곳으로 간 건가?"

벨시스트라 왕국의 국왕 비요산은 당혹스런 얼굴로 그 같은 의문을 표할 수밖에 없었다.

이미 저들에게 칠성좌에 대한 정보가 풀렸을 거란 건 확실했다.

뱀파이어의 배신도 치명적이었지만, 거기에 더해 티브릭샨의 탈퇴는 결정적이기까지 했다.

뒤늦게 다른 칠성좌들도 아차 싶었지만, 이미 사건을 벌어진 이후였다.

원 위치로 되돌리기에는 너무 늦은 것이다.

"골치 아프게 됐군."

칠성좌에 대해서 알고 있으리란 결론 아래, 티브릭샨에서 가장 가까운 이곳 벨시스트라로 올 거라 여겼다.

하지만 의외로 그들은 도통 모습을 드러내질 않았다.

이미 도착했어도 부족하지 않을 시간이 흘렀건만, 그들에 관한 소식이 전혀 들어오질 않고 있었다.

긴 기다림 속에서 일말의 방심이 생길 무렵, 갑작스럽게 사건은 터졌다.

"제대로 한 방 먹었군!"

저 멀리서부터 날아든 보고서를 받아들고는 와락 표정을 구겨야만 했다.

암전의 가장 큰 기둥인 칠성좌를 알게 되었으니, 그에 대해서 집중적인 공략을 할 거란 예측을 하고 있었다.

"설마, 이 와중에 곁가지를 치러 움직일 줄이야."

칠성좌가 아닌 다른 뿌리의 일원들을 향해 움직였다는 것이다.

앞서, 에던 운트를 향한 관심을 지우고자, 대륙 전역에 걸쳐서 벌린 전쟁이 지금 이 시점에 와서 발목을 잡았다.

레드문의 정보력이라면, 충분히 그 전쟁의 흐름을 통해 암전의 뿌리에 소속된 일원들을 파악하는 게 어렵지 않았을 것이다.

대략적인 윤곽일 뿐일지라도, 분명 치명적일 터였다.

"리디그릭산 왕국이라."

서대륙을 기점으로 했을 때, 벨시스트라 왕국을 지나쳐야 닿을 수 있는 왕국이었다.

말인 즉, 목표물이 이미 이곳을 지났다는 의미였다.

"통수 한 번 제대로 치는군. 쯧!"

실제로도 골머리가 얼얼할 지경이었다.

❈ ✣ ❈

용병들은 하루가 다르게 왕의 탄생을 기뻐하며 환호하고 또 노래하며 축배를 들었다.

길드의 입장에서는 달갑지 않은 행동이었지만, 그렇다고 이전처럼 그들을 제재할 수는 없었다. 그들도 티브릭샨에서 발생했던 사건과 사고를 아는 까닭이었다.

특히, 티브릭샨의 용병길드가 새로운 왕의 방문을 통해 어찌나 극심한 몸살을 앓았던지, 아예 그곳 길드의 흐름과 틀 그리고 균형 자체가 뒤틀리고 또 바뀌어버렸음을 알기에, 감히 함부로 새로운 왕을 깎아내리는 행동이나 발언을 할 수가 없었다.

이처럼 전 대륙적으로 특별한 존재감을 흩뿌리고 있는 덕분일까?

더 이상 에던 운트라는 이름으로 사기를 치려 하는 이들은 존하지 않았다. 길드와 마찬가지로 그들 역시도 티브릭샨에서 벌어진 일들을 아는 까닭이었다.

물론, 그렇다고 해서 '가짜'가 전부 사라진 건 아니었다.

용감한 건지 아니면 무식한 건지, 여전히 사신을 사칭하는 이들이 몇몇 존재했는데, 그 중에서도 유난스러울 정도로 이름을 알려가는 이가 한 명 있었다.

동쪽 대륙에서 한창 유명세를 떨치며, 수많은 용병들을 그 이름 아래로 끌어 모으는 사내였는데, 에던이 보여주는 행보와는 상당부분 다른 면모를 보여주는 중이었다.

에던이 그 이름과 함께 실력을 증면하며, 부정하며 진실을 왜곡하는 자들을 징치하는 와중에도 오로지 '개인' 적으로 움직인다면, 동쪽의 사신은 에던의 이름으로 일단 사람들을 끌어 모으며 '무리' 를 짓는 걸 우선하고 있었다.

물론, 서대륙에서 워낙 판을 크게 벌였던 까닭인지, 동쪽의 사신을 향한 시선에 의문 혹은 의심이 일부 끼어들기는 했지만, 대륙 반대편의 이야기였던지라 일부 와전되었다는 식으로 이야기가 변형되며, 그 같은 시선을 지우고 가리는 중이었다.

"재밌네."

레드문에게 그 같은 소식을 전해 들었을 때, 에던은 비릿하니 웃어보였다. 은은한 분노가 일부 깃들어 있었다.

명성에 연연하는 건 아니지만, 그래도 그의 것을 남이 탐한다는 게, 생각보다 기분이 좋게 여겨지지 않았던 것이다.

이전에도 알게 모르게 그의 이름이 남용되고 있는 걸 알았지만, 지금까지는 크게 신경 쓰지 않았다.

그래봐야 자잘한 사건 수준이었던 까닭이었다. 하지만 동쪽의 사신은 전혀 달랐다.

일단 그 규모부터가 차이가 컸지만, 가장 결정적인 건

거기에 더해 암전에서 준비한 수작이라는 부분이었다.

서대륙의 소문 속에서도 동쪽의 사신이 그 유명세를 꾸준히 이어나가는 건, 이 같은 암전의 지원 때문이라는 게 레드문이 내린 결론이었다.

"슬슬, 이것도 해결을 봐야겠지."

벨시스트라 왕국을 그냥 지나쳤던 에던은 그 말과 함께 새로운 행보에 대한 결정을 마쳤다.

[가짜들을 향한 징벌!]

그런 의미로써 가장 가까운 리디그라칸 왕국을 향해 움직였다.

대단한 사건을 일으킨 건 아니지만, 그의 이름으로 꾸준히 사기를 치는 용병이 있다는 걸 듣고, 일단 그를 징치하러 움직인 것이다.

물론, 그 외에도 별도의 이유가 있기는 했다.

[뿌리의 일원으로 추정됩니다.]

암전에서 벌인 전쟁을 통해, 그들과 연관이 있다는 결론을 내린 왕국 중 하나가 리디그라칸이었다.

이미 그 존재감으로 인해 내딛는 걸음걸음이 하나같이 이야기가 되고 화젯거리가 될 수밖에 없는 위치, 그게 현재 에던 운트라는 사내가 지닌 위엄이었다.

당연하게도 리디그라칸 왕국에 그저 모습을 드러내는 것만으로도 암전에서는 긴장을 할 수밖에 없을 터였다.

헌데, 거기에 더해 그의 이름을 사칭하는 이들을 일일이

징치하는 모습까지 보여주고 있었다.

"대가리 좀 아플 거다."

이 같은 에던의 의도처럼 암전은 뒷목이 뻐근해질 정도로 그의 행보에 흔들리는 모습을 보여줬다.

벨시스트라 왕국에 이목을 집중하고 있던 까닭에, 더더욱 에던이 보여준 의외의 움직임은 그들을 긴장하게 했고, 암전의 요원들을 당혹스럽게 만들었다.

레드문 역시 정보를 다루는 단체이다 보니, 이 같은 암전의 미세한 흔들림을 민감하게 잡아냈고, 이를 노리며 곳곳에서 저들의 요원들을 타격하는 모습들을 보여줬다.

이면의 세상에서도 가장 짙고 어둔 그림자의 얼룩과도 같은 존재감을 지닌 게 바로 그들 요원들의 행보였기에, 그들의 격전이 세상에 알려지는 일은 없었다.

하지만 분명한 건, 암전이나 레드문 양측에서는 이 같은 요원들의 희생을 통한 정보력의 부재를 절실히 실감하고 있다는 점이었다.

당연하게도 이 같은 부분 역시도 에던과 레일라에게 전해졌고, 덕분에 에던은 자신이 지닌 파급력에 대해 새삼 생각하는 계기가 되기도 했다.

한 개인의 존재감이 이 정도로 커다란 여파를 남긴다?

"확실히… 이 정도면 초월자들도 이루기 힘든 수준이네."

레일라는 그처럼 에던의 위치를 정리해줬다.

이미 그 개인적인 실력만이 아니라, 대륙적으로 미치는 영향력 역시도 일반적인 초인들의 영역을 넘어섰다는 것이다.

"그런 의미에서 갑자기 이곳으로 온 이유는 뭐야?"

때문에 그녀는 에던의 행보가 이해되질 않았다.

벨시스트라 왕국을 건너뛰는 순간 한 차례 의문을 내비쳤으나, 오래지 않아 그 비밀을 알게 되고는 납득하며 넘어갔다.

이후 가짜들을 사냥하는 한편, 암전에 긴장감을 불어넣는 모습은 크게 나쁘지 않은 움직임이었다.

그리고 이 같은 행보가 절정에 달한다고 여겨질 무렵, 대뜸 에던이 발길을 멈추더니 세상의 이목에서부터 모습을 감춰버리는 것이 아닌가.

뒤이어 산과 들을 가로질러 인적이 드문 곳으로 움직이는가 싶더니, 대뜸 의외의 장소로 발을 들이고 있었다.

페르베르멘 왕국!

당연히 의문을 내비칠 수밖에 없었다.

"레드문에서 가져온 정보에는 이곳과 뿌리는 연관이 없는 것 같던데, 내가 잘 못 알고 있는 건가?"

그녀의 의문에 에던은 고개를 저어보였다.

"암전과 한 발 정도는 걸치고 있겠지만, 뿌리 자체에 연결되어 있지는 않지."

적어도 레드문이 조사하기에는 그러했다. 그렇다면 갑자기 이곳으로 온 이유가 무엇이란 말인가.

"요즘 너무 빡빡하게 움직였잖아. 슬슬 휴식도 취해야 하지 않겠어."

그 순간 레일라는 떠오르는 게 있었다. 그녀 스스로도 조사를 했지만, 레드문과 셰릴을 통해 전해 들었던 이야기가 있던 까닭이었다.

'페른 자작령!'

좀 더 정확히는 그곳 빈민가의 경계에 세워져있는 검술원이었다.

'그러고 보니….'

왠지, 이 갑작스런 여정의 이유를 알 수 있을 것 같았다.

'벨시스트라 왕국 때문인가.'

그곳이 그의 고향이라고 들었다. 어쩌면 그 때문에 잠시 감상적인 격류에 휩싸인 건 아닐까?

함께한 시간이 있기 때문에 느낄 수 있는 부분이었다.

'미묘하지만….'

그와 나누는 뜨거운 교류의 순간이나, 일상적인 대화의 순간순간, 은연중에 전해지는 감정적인 변화의 흐름이 느껴졌다.

페른 자작령은 그 같은 감정의 일렁거림을 일부나마 잠재울 수 있는 요소가 자리해 있었다.

'리아 램… 이었나?'

에던이 최초로 받아들였다던 제자가 떠올랐다. 하지만 실제는 그의 혈육으로써, 조카라고 불러야 마땅한 소녀였다.

당연하게도 아이의 곁에는 모친 역시 함께하고 있었다.

'제니스 램.'

그의 여동생의 이름을 떠올렸고, 동시에 또 다른 조카인 '토드' 역시도 기억해냈다.

잠시나마 그곳에서 고향을 향한 그리움을 털어내고자 하는 것이리라.

이럴 바에야 그냥 벨시스트라 왕국을 거쳐 오는 게 나았을 것 같다는 생각도 들었지만, 아무래도 에던의 위치가 위치인 만큼 그러기도 쉽지 않았을 거라 여겼다.

그런 의미에서 생각한다면, 이곳 페른 자작령을 찾는 것도 조심해야 하지 않느냐는 의문을 제기할 수도 있다.

하지만 이 부분에 대해서도 크게 걱정할 이유가 없었다.

[헤일러 에일!]

목적지인 검술원의 현 주인이자 원장의 실력이 매우 특별한 까닭이었다.

[초월자!]

알려지지 않은 숨겨진 실력자가 그곳을 지키고 있었다.

뿐만 아니라 페른 자작령의 주인 역시도 에던을 지지하는 입장인지만, 그와 관련된 정보들을 최대한 차단하는 중이었다.

그의 아들이자 영지의 후계자인 루드가 에던의 두 번째 제자이기 때문이었다.

여러모로 안전지대라 할 수 있는 장소였다.

물론, 암전도 이곳에 대한 정보를 알고 있기는 했다. 하지만 일찌감치 에던이 이곳에서 발을 뺐고, 페른 자작령의 후계자가 머무는 장소라는 점으로 인해, 우선순위에서 여러모로 제외된 지역이었다.

헤일러에 대한 정보가 저들에게 있는지는 모르겠으나, 레드문이 전해준 이야기를 토대로 한다면, 암전의 시야 외곽지대에 자리해 있음은 확실해 보였다.

물론, 그래도 만에 하나라는 게 있는 까닭에, 에던은 목적지를 앞에 둔 채, 간단한 위장을 하기 시작했다.

사실 별다른 건 아니었다.

여정동안 자르지 않고 다듬지 않았던 머리와 수염 등을 덥수룩하게 퍼트려 놓고, 그 색을 간단히 염색하며 일차적으로 외모적인 변화를 줬다.

거기에다 신발의 안쪽에 짚더미를 쌓아 넣으며, 신장을 일부 키워버리는 2차적 변화를 더하니, 외형적으로는 누가 봐도 에던이라는 생각이 들지 않았다.

마무리로 입고 있는 옷을 두툼하게 만듦으로써, 전체적인 체형까지 변화를 주면서, 잠깐 사이에 전혀 다른 사람이 되어있었다.

간단한 몇 가지 변화였을 뿐이건만, 그야말로 완벽한 변장이란 말이 아깝지 않아보였다.

'저런 식으로 키를 속일 줄이야.'

이 부분은 특히 놀라웠던 까닭에, 쉬이 감정표현을 하지 않는 레일라도 작게나마 탄성을 터트리게 만들기에 충분했다.

키를 늘린다는 부분에서 이미 에던에 대한 의심 상당수를 지워낼 수 있을 거라 여겼다.

저 정도로 치밀하게 자신을 감추는 건, 여러 가지 이유가 있었다. 암전을 속이기 위함은 당연했고, 거기에 더해 검술원에서 생활하고 있는 제니스 역시 속이기 위함이었다.

'고향을 뒤로 했듯이, 여동생에게도 모습을 드러낼 생각은 없는 거겠지.'

일단, 계획은 검술원장인 헤일러의 지인을 연기하며 검술원에 발을 들일 생각이었다.

변장을 했다고는 하나, 헤일러 정도 되는 실력자라면 에던이 가볍게 내비치는 기운이나 분위기를 통해, 충분히 그 정체를 짐작하고 뜻을 읽어낼 수 있을 거라 여겼다.

그리고 차후 기회가 될 때, 리아와 루드에게 비밀스레 정체를 밝히려는 계획이었다.

하지만,

세상일이라는 게 항시 의도한대로 이뤄지는 건 아니었다.

"어디서 개수작이야!"

시원하니 뻗어오는 날라차기!

호쾌하게 내어주는 옆구리!

요란하게 나뒹구는 에던!

이건, 뭔가?

계획 속 화기애애한 분위기는 어디다 말아먹은 것일까?

레일라는 잠시 당혹스런 얼굴로 검술원 입구를 바라봤다. 한 눈에 봐도 그 연령대가 심상찮아 보이는 노인이 믿기지 않을 몸놀림으로 튀어나오더니 에던을 밟고 두드리는 모습이 보였다.

"이… 이 빌어먹을 영감탱이가!"

오랜만에 느끼는 이 짜릿한 통증에 에던은 주저 없이 욕지거리를 쏟아내며 그를 밟아대는 노인, 헤일러를 매섭게 노려봤다.

당장 그 분노를 쏟아내려 기운을 끌어올리는 순간,

"으잉? 뭐야? 이 친구, 이거… 몰골이 그래서 내 잠시 착각했잖나. 허헛! 이거야 원, 그야말로 거지 중에서도 아주 상거지 몰골일세 그려."

태세전환의 정석을 보여주듯, 헤일러가 활짝 웃으며 발길질을 멈추더니, 그 흐름 그대로 에던의 어깨를 두드리다 그를 가볍게 끌어안는 것이 아닌가.

"……."

폭발할 타이밍을 놓쳐버린 에던이 힘없이 추욱 늘어지는 모습에, 헤일러가 조용히 입가에 옅은 미소를 그려냈다.

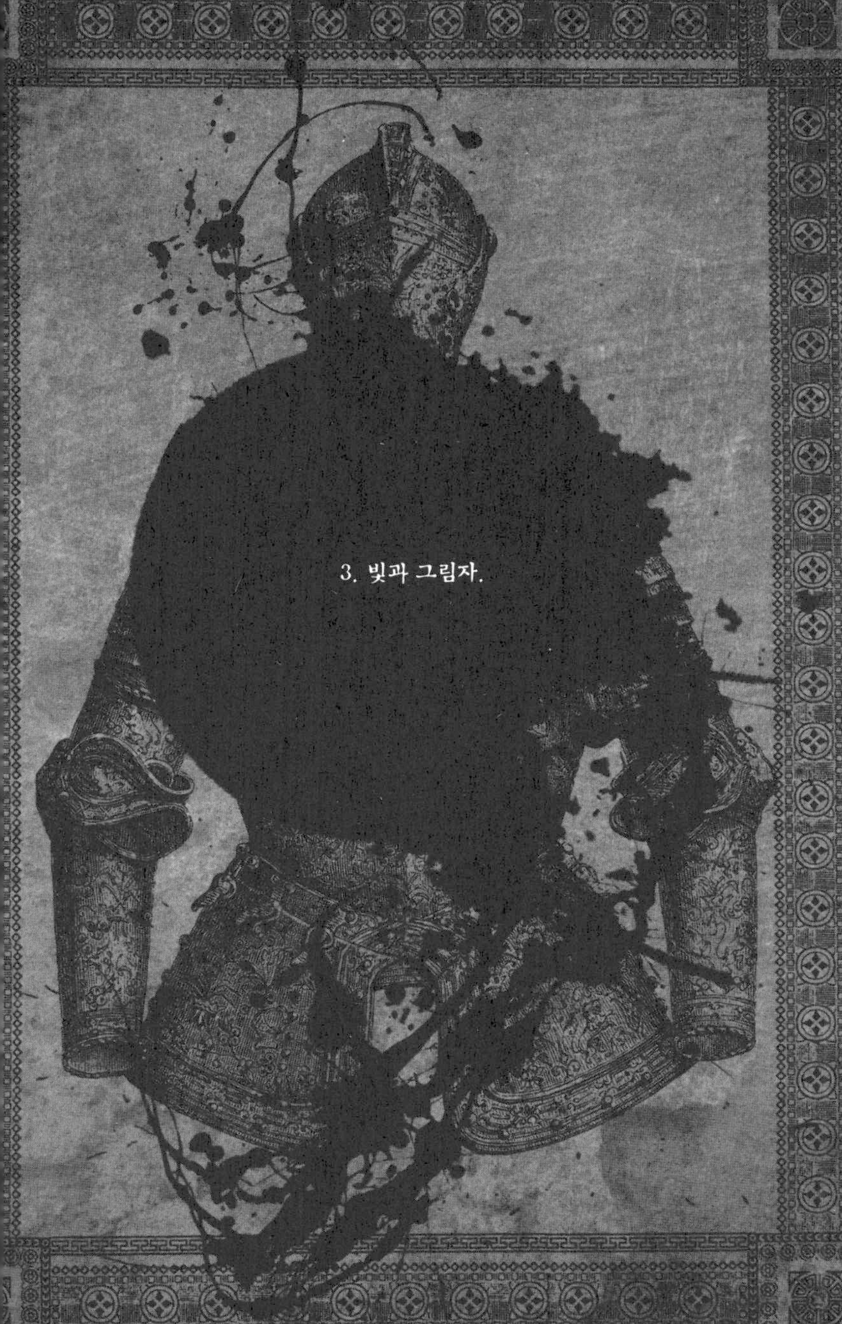

3. 빛과 그림자.

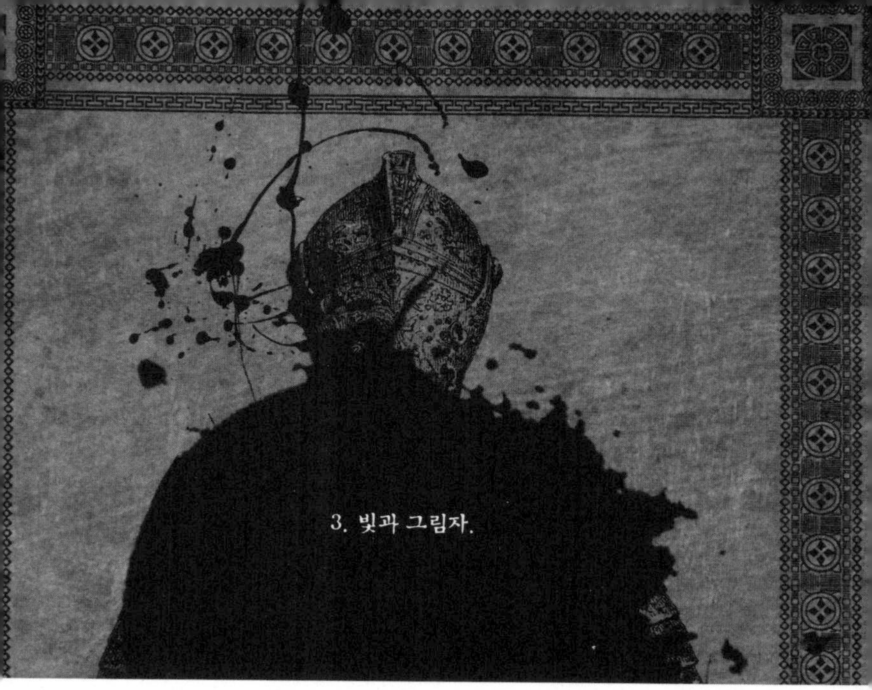

3. 빛과 그림자.

짜릿한 재회의 순간을 지워버리려는 듯, 헤일러는 가벼운 우스갯소리와 농지거리를 쉴 새 없이 늘어놓으며, 직접 에던을 검술원으로 끌고 들어왔다.

그 때문에 기어이 화낼 타이밍을 잡지 못한 에던이 욱신거리는 옆구리를 부여잡은 채, 한껏 불퉁한 얼굴로 물었다.

"뭐가 이리 조용합니까?"

확실히 그 말처럼 검술원에는 헤일러를 제외하고는 아무도 없었다. 이미 이곳에서 여동생 일가가 함께 산다고 전달받았기 때문인지, 더더욱 이해하기가 어려웠다.

"으잉? 설마, 아직 못 들었나?"

헤일러가 눈을 동그랗게 뜨며 에던을 바라봤다.

"뭐… 얼마 안 된 일이니까. 그럴 수도 있겠군."

그러다가 이내 고개를 끄덕이며 혼자말로 납득하는 모습을 보였다. 헤일러의 자문자답에 에던이 눈살을 찌푸리며 의문과 함께 그 답답함을 드러냈다.

이 모습에 히쭉 웃어 보인 헤일러가 재차 입을 열었다.

"지난주, 그러니까 엊그제부터 자네 동생 새살림 차렸어."

"…무… 뭘 차려요?"

"그 있잖나. 자네 둘째 제자 호위하던 그 친구."

에던의 두 눈이 동그랗게 변했다.

'…젠장!'

희미하니 얼굴은 기억나지만 이름은 떠오르지 않았다. 그의 기억 속에서 워낙 중요도가 떨어지는 인물이었던 까닭인지, 그냥저냥 스치듯 기억하는 정도였다.

그렇지만 여동생과 관련된 까닭일까?

[비르프 기사단의 '베른 렐트' 라고 한다.]

기어이 그와 관련된 기억을 떠올려냈다.

'그래. 베른 렐트!'

떠올리기 무섭게 에던의 눈가에 불꽃이 튀었다. 아니, 이미 그 이전부터 불씨는 지펴졌는지도 몰랐다.

"흘…."

옆에서 그 모습을 지켜보던 헤일러가 나직하니 웃음을 흘렸다.

'고놈… 그래도 제 동생이라고 반응하고는… 허헛!'

아무래도 제니스가 좋지 못한 남자에게 걸려 상당한 고생을 했던 걸 기억하기에, 더더욱 민감하게 반응하는 걸지도 몰랐다.

그러다가 슬쩍 시선을 돌리며 말문을 열었다.

"헌데, 저 아가씨는 언제쯤 소개시켜 줄 생각이냐?"

덕분에 타오르던 불길이 일부 잠잠해지며, 에던의 이성이 전면에 배치되어갔다. 그러며 레일라에 대한 소개를 하려는데, 그보다 먼저 움직이는 이가 있었다.

"레일라 드라필만이라고 합니다. 빛의 주박을 지키는 분을 뵙습니다."

그녀가 직접 앞으로 나서면서 자신을 소개한 것이다.

"호…."

순간, 헤일러가 나직한 탄성을 터트렸다. 생각지도 못한 인사말을 들은 까닭이었다.

'빛의 주박을 지키는 자라….'

오랜만에 듣는 인사말이었다. 몽크들에게 건네는 인사말들 중 하나로써, 그들의 전성기 시절에나 사용될 법한 내용이었다.

간혹, 성기사나 신관들 중 제법 지식이 쌓인 이들과 만났을 때나 들을 수 있는 인사말이기도 했다.

"흘… 드라필만에 연령대를 초월하는 뛰어난 마법사가 있다더니, 그 말이 부족하지 않구나. 허헛!"

헤일러의 감탄사에 레일라가 작게 고개를 숙여 보이며 감사를 표했다.

사실, 레일라에 대해서는 이미 알고 있었다. 레드문을 통해 간단하게나마 에던에 대한 정보를 전해 듣고 있는 까닭이었다. 그저 예의상 소개시키라며 운을 띄운 것뿐이었다.

때문에 생각지도 못한 레일라의 인사말은 여러모로 그를 놀랍게 하며, 또 그립게 하는 깊은 의미가 있었다.

"여기서 이럴 게 아니라. 일단, 들어가지. 기분 좋은 손님이 왔는데. 맛난 걸 먹으면서 이야기를 나눠야지."

그러며 안내를 시작하는데, 에던은 왠지 모를 고독감을 느껴야만 했다.

그도 그럴게 조금 전까지 헤일러는 분명 그를 안내했었건만, 지금은 마치 그는 뒷전이라는 듯 레일라를 이끌며 안으로 들어가고 있는 것이 아닌가.

홀로 남겨진 모양새가 영 좋질 않았다.

'끄응….'

여동생을 훔쳐간 도둑놈에 대한 분노가 슬그머니 식어드는 것을 느끼며, 에던 역시도 안쪽으로 바삐 걸음을 옮겼다.

헤일러의 취미를 떠올린 까닭이었다.

[미식가!]

그가 내어주는 음식들은 언제나 극상의 재료들로만 이뤄져있었다. 괜한 고집으로 그 비싼 고기들을 놓치고 싶진 않았다.

'육즙이 좔좔… 츄릅!'

오랜만에 자극받은 침샘이 통제를 잃어가고 있었다.

❖ ✣ ❖

"하… 하하하하하하하핫!"

웃음이 절로 나왔다.

"미칠 노릇이군!"

욕지거리도 함께 쏟아졌다.

"겨우, 한 놈에게 이렇게까지 농락을 당할 줄이야."

어찌 그렇지 않겠는가.

[칠성좌!]

세상의 이면을 지배하다시피 하는 절대적 세력이 한 개인에게 밀려, 이리 치리고 저리 치이며 속절없이 몰매를 맞고 있음에 뒷목이 절로 뻐근해져왔다.

"에던 운트… 빠드득!"

이제는 입에 붙어버렸다고 해도 과언이 아닐 이름을 언급하며, 억세게 이를 갈아마셨다.

트레이셀 왕국의 국왕 '라벨르만 댄-트레이셀'은 그의 앞에 부복하고 있는 요원을 향해 나직하니 물었다.

"그래. 그래서… 에던 운트 그 빌어먹을 놈의 종적을 놓쳤다?"

분노가 섞인 그 음성에 요원의 어깨가 살짝 떨렸다.

외적인 모습과 달리 은은히 치고 들어오는 라벨르만의 기세로 인해 어깨가 짓눌리고 있는 까닭이었다.

힘겨웠으나 물음에 답은 해야 하기 때문에 힘겹게 목소리를 가다듬으며 입을 열었다.

“아센타낙 산으로 들어가는 것까지는 잡아냈지만, 이후의 자취는 찾을 수가 없었습니다. 아무래도 함께하고 있던 마법사가 흔적을 지운 것으로 추측하고 있습니다.”

입술을 짓씹는 라벨르만의 볼 살이 바르르 떨렸다.

‘으득… 마도사!’

유난스레 자존심이 상하는 부분이기도 했다.

[대마도사!]

암전과 칠성좌에서도 찾을 수 없는 절대적 존재였다. 그저 별의 영역에 이른 강자와는 의미 자체가 달랐다.

실험체로써 탄생한 초월적 강자들도 있지만, 이를 제하더라도 각 칠성좌마다 별빛을 품거나 그와 닮은 비밀 전력을 은밀히 숨겨놓았다는 것 정도는 알고 있기 때문이다.

하지만 마도의 영역을 개척한 마법사는 달랐다.

마법학자로써 그 같은 경지를 엿보는 이들은 분명 존재했지만, 순수하게 마도의 경지를 깨우친 존재를 찾으라고 한다면, 그저 고개를 저을 수밖에 없었다.

물론, 그들의 긴 역사 속에서 두어 명 정도는 나왔지만, 이는 전부 옛 이야기로써, 현 세대에는 존재하지 않았다.

그저 과거의 잔재를 유추하며 마법 '학자' 들이 연구를 개척해 나갈 뿐이었다.

무수히 많은 마법학자들이 다양한 연구와 실험을 진행하고 있는 만큼, 마도사 부럽지 않은 성과를 내고 있는 건 사실이었다.

하지만 그럼에도 불구하고 마도사가 보는 시각을 순수하게 따라잡는 건 어려움이 있었다.

말인 즉, 마도사가 흔적을 지운 이상, 이를 찾아내는 건 쉽지 않다는 것이다.

그저 당할 수밖에 없다는 의미이기도 했다.

"후읍… 후… 후우우우…."

호흡을 고르며 가슴 속 열기를 잠재워 봤으나, 한 방 제대로 먹었다는 생각에 자꾸만 속이 끓어올랐다.

벨시스트라 왕국을 그냥 지나친 뒤, 뿌리의 일원들이 속한 왕국들을 골라가며 용병들을 징치하는 에던의 행보에, 암전과 뿌리는 그의 다음 목적지를 다급히 읽어낸 뒤, 거기에 맞춰 새로운 대비를 하고 있었다.

특히, 최근 에던의 등장지역이 이곳 트레이셸 왕국과 멀지 않았던 까닭에, 칠성좌의 주인으로써 라벨르만이 직접 암전을 요원들을 지휘하면서 통제하는 중이기도 했다.

하지만 마치 그의 행동을 비웃듯 시야에서 사라져버렸다. 벨시스트라의 국왕 비요산이 어떤 기분이었을지, 지금 이 순간 너무도 공감이 됐다.

"예상되는 이동 경로나 목적지는?"

재차 이어지는 라벨르만의 물음에 요원이 마른침을 삼켰다. 그도 명확한 답을 내리기가 어려웠던 까닭이었다.

정보부에서도 치열하게 분석을 하고 있었지만, 에던의 행보 자체가 워낙 제멋대로였던 탓인지, 너무 많은 경로가 산출되었고, 당연하게도 이는 너무도 치명적인 오답이나 다를 게 없던 것이다.

침묵으로 응수하고 싶었으나 그럴 수 없음을 알았다. 감히 칠성좌의 주인을 앞에 두고 대답을 미루는 건, 즉결 처분을 바라는 것과 다르지 않았다.

"죄… 죄송합니다!"

하지만 마땅한 답변도 없기에, 이런 식으로 일찌감치 머리를 굽힐 뿐이었다.

"무능한 것들… 으득!"

날카로운 눈매로 요원을 내려다보던 라벨르만이 이를 갈며 시선을 돌렸다. 당장 저 뒤통수를 짓밟아 박살내버리고 싶었지만, 애써 참아내며 화를 식혔다.

그들 칠성좌의 주인을 직접 대면하는 요원들은 하나같이 뛰어난 정보원들이었다. 지금 같은 시국에 저처럼 뛰어난 요원을 쳐낸다는 건 옳지 않았다.

'후우… 골치 아프군.'

동쪽으로 향하다 서쪽으로 그러다가도 북에서 남으로 이리저리 두서없이 움직이는 에던의 행보를 떠올리면, 저 같은 정보부의 상황도 이해가 안 되는 건 아니었다.

지금은 여러모로 참는 게 옳은 시점이었다.

'에던 운트….'

문득, 드는 생각이 있었다.

"또 다른 이름으로 움직이고 있는지 한 번 알아봐."

그동안 에던의 행보를 생각한다면, 비슷하다 싶은 이름들을 중점적으로 조사하는 게 우선이었다. 물론, 암전에서 이미 파악하고 있는 방식인 만큼, 또 다시 그런 식으로 위장을 할리는 없겠으나, 오히려 이 같은 부분을 찌르고 들어올 수 있음에, 한 번쯤은 조사해 보는 것도 나쁘지 않다고 여겼다.

거기까지 생각하던 라벨르만의 머릿속으로 에던의 옛 행적들이 하나둘 스쳐갔다.

'그러고 보니….'

라벨르만의 영역에서 멀지 않은 장소에도 에던의 과거 흔적 중 하나가 자리해 있다는 게 생각났다.

'검술원… 그리고 에던 헌트…였던가.'

그의 영역이라고는 했으나, 적어도 두 개 왕국은 건너뛰어야 하는 장소였으나, 암전의 뿌리를 일곱으로 나눴을 때, 그가 관할하는 곳과 멀지 않기에, 그처럼 표현하는 것이었다.

하지만 이내 고개를 절레절레 저었다.

'옛 이름으로 다시 활동할 이유가 없지.'

게다가 그곳은 그저 스쳐간 장소일 뿐이었다.

'설마….'

고개를 절레절레 저으며 다른 방향으로 생각을 선회했다.

❖ ✣ ❖

암전의 조사 및 관찰?

"걱정마라."

헤일러는 그 말과 함께 찬찬히 에던의 우려를 해결해줬다.

"네가 여기서 머무른 건 저들도 알고 있지만, 사실… 당시에는 네가 그리 대단한 위치에 있는 건 아니었잖냐."

차세대의 초월자로 불리고 있기는 했지만, 암전의 집중적인 관심을 받기에는 부족한 면이 있었다.

물론, 이후 시간이 흐르고 이런저런 사건들이 터지며, 에던의 명성이 점차 높아져가면서 상황이 조금, 아니 많이 변하기는 했다.

"뭐… 네놈에게 당한 게 있어서인지는 모르겠지만, 몇 번 암전 녀석들이 찾아와서 근방을 어슬렁거리기는 하더라."

혹시나 하는 마음으로 군침을 흘리며 이곳을 조사하러 왔으나, 바람과는 달리 입맛만 버리며 돌아갔다.

에던 헌트로써 이곳에서 활동했다는 건 알고 있지만, 말 그대로 휴식을 위해 잠시 머물다 간 정도라는 결론을 내린 것이다.

검술원에서 받은 두 명의 제자에게 잠시 시선이 가기는 했으나, 그 역시도 간단한 취미생활 혹은 유희였을 뿐이라는 판단을 내려야만 했다.

리아와 루드 두 아이가 익히는 연공법을 알아본 까닭이었다.

[베르말식 연공법!]

삼류 용병들도 익히는 이가 드문 최악의 연공법을 행하는 모습에, 그냥 장난삼아 아이들을 가르쳤다는 게 그들의 생각이었다.

그 원형인 라-베르말 연공법도 전하기는 했으나, 이를 행하는 시간은 헤일러가 철저히 관리했던 만큼, 암전의 시야에 발각될 일은 없었다.

게다가 외형적으로 크게 차이가 나지 않는데다가 원형의 연공법은 크게 알려지지 않은 까닭에, 발각되더라도 베르말식 연공법의 변형 정도로만 추측하고 끝났을 터였다.

단지, 이곳의 소영주인 루드가 굳이 이곳에 찾아오는 이유 때문에 잠시 그들의 의심이 깊어지기는 했지만, 오래지 않아 헤일러가 벌였던 사건 일부가 드러나면서, 그 같은 집요한 눈초리도 사라질 수 있었다.

이는 의도적으로 레드문 측에서 푼 것으로써, 영주가 헤일러에 대한 관심을 루드를 통해 표출하고 있는 모양새로 바꾼 것이다.

과거, 한 영지의 밤거리를 통째로 뒤흔들었던 헤일러의 무력이라면, 관심을 기울이기에 충분하다는 생각이었다.

그 때문에 헤일러에 대한 조사가 잠시 이뤄지는 것 같았지만, 헤일러 역시도 에던 못지않은 변장 및 위장의 달인이었다.

레드문의 도움까지 얻으니 거짓된 정보를 그럴싸하게 꾸며내는 건 크게 어렵지 않았다.

젊을 적 제법 실력을 쌓았던 용병이 터를 잡고 검술원을 차렸다는 형식의 이야기를 완성시킨 것이다.

대부분의 검술원들이 그와 비슷한 경로를 타고 있기에, 별다른 의심을 받지는 않았다.

루드와 달리 제니스나 리아에 대한 관심은 크지 않았다.

그냥 지나가다 취미로 들인 제자.

딱 그 정도가 리아에 대한 평가였다. 제니스가 에던의 동생이란 정보는 레일라도 운이 좋아서 알아낸 것이 아니던가.

당연히 스쳐가는 인연인 리아와 그 가족에게 별다른 관심이 쏟아질 이유가 없었다.

"그런 의미에서 베른 그 친구에게 고마워해야 할 거야."

제니스가 이곳에 머무는 것이라던가, 전 남편으로 인해 어찌 되었건 암전과 복잡하게 얽혔던 제니스의 과거 같은 걸 생각했을 때, 저들의 성격상 마냥 무시하고 지나가지는 않았을 확률이 높았다.

하지만 그럼에도 불구하고 저들이 이들 가족을 내버려둔 건, 이곳 영주의 신임을 얻고 있는 베른의 존재 때문이었다.

"그 친구가 명색이 비르프 기사단의 부단장인데, 그런 사람의 안사람 될 여인과 가족들을 섣불리 건드릴 수는 없었을 게야."

나름 결정적이었다고나 할까?

'끄응….'

에던은 입맛을 다시며 아직 꺼지지 않고 있던 감정의 불씨를 있던 살포시 비벼 꺼트렸다.

그렇게 마음을 정리할 즈음, 때 아닌 폭풍이 찾아왔다.

"다녀왔습니다. 원장님!"

누군가가 외출을 했다 돌아오는 모양인지, 밖으로 시원한 외침과 함께 일행이 있는 곳으로 다가오는 게 느껴졌다.

헌데, 그 순간 에던의 표정이 급속도로 경직되기 시작했다.

'설마… 아니겠지. 설마….'

어째서인지 귀에 익은 음성에 부정하고 또 부정하며 조심스레 방문 쪽으로 시선을 보냈다.

그리고 잠시 후, 문이 열리며 설마 싶었던 얼굴이 모습을 드러냈다.

"쿨럭…."

헛기침이 절로 나왔다. 결코 만나고 싶지 않던 지긋지긋한 '여인' 이건만, 어찌하여 이곳에서 마주친단 말인가.

'프레이… 에클라우!'

세간에는 '폭풍의 마녀' 라고 전해지는 용병계의 신성이었으며, 에던에게는 악몽으로 기억되는 최악의 인연이기도 했다.

'왜? 왜! 으왜애액….'

울부짖고 싶은 심정이었다.

문득, 저 한편으로 히쭉 웃고 있는 헤일러의 얼굴이 보였다.

'아…?'

느낌이 왔다.

'…저 표정, 눈빛!'

알만큼 아는 얼굴이었고, 동시에 지금 이 상황을 매우 심도 깊게 즐기는 듯 보이는 미소였으며, 다가올 후속편을 기대하는 눈빛이기도 했다.

❖ ✣ ❖

어쩌면 아마도 그게 최초, 처음의 패배와 다름없었을 것이다.

[젝크 브라운!]

그에게 당한 너무나도 처참한 패배 속에서, 스스로를 돌아보게 되었고, 이를 통해서 짐승과도 같았던 과거의 격투를 깨우치며 기본기에 대한 가르침이 필요함을 알았다.

이 경험과 깨달음을 통해, 스승을 찾고 또 얻게 되었다.

그리고 다시 그를 마주했을 때, 과거와 다른 모습을 보여줄 수 있었고, 시종일관 압도하는 장면을 이어나가는 것도 가능했다.

하지만 결국 결론은 패배였다.

물론, 과정이라는 게 중요하기는 하나 언제나 승부는 결과로 이야기하는 것이다.

압도했음에도 그를 이길 수는 없었다.

어쩌면 말도 안 되는 신체능력에 기댄 덕분에 만들어낼 수 있었던 과정이었는지도 몰랐다.

부족함을 알았고, 다시금 배움의 필요성을 느끼게 되었다.

그 어느 때보다 절실했다.

다시금 스승을 찾아 가르침을 청했으나, 안타깝게도 바라던 결과를 얻을 수는 없었다.

[너는 더 이상 내가 가르칠 수준이 아니다.]

스승도 아직 한창 공부해야 하는 위치라면서, 그녀에게 새로운 스승을 소개시켜줬으나, 그곳에서도 오래지 않아 비슷한 이야기를 들어야만 했다

[더 이상 가르칠 게 없구나.]

그러면서 몇 차례 더 비슷한 과정을 거쳐 가며 스승을 만나고 배웠다.

하지만 어느 누구도 그녀가 만족할만한 가르침을 내려주지 않았다. 마지막으로 그녀에게 가르침을 내려줬던 스승의 이야기가 유난히 머리에 남았다.

[너는 특별하다. 그 남다른 신체만으로도 이미 우리가 넘고자 하는 벽 너머에 닿아있다. 때문에 나도 그렇고 네 이전의 스승들도 그렇고, 하나같이 기본에 충실하라 가르쳐 왔을 것이다. 사실, 우리도 많은 걸 가르치기가 어려웠기 때문이다.]

건물의 기본이 되는 주춧돌에 심열을 기울이듯, 그녀 역시도 뛰어난 신체를 잘 뒷받침 할 수 있도록, 최대한 튼튼한 기본과 기초공사로 초석을 다지고자 한 것이다.

[다른 스승들처럼 나 역시 네게 또 다른 기반을 마련해 줄 스승을 소개시켜 줄까도 생각했지만, 과하면 부족함만 못하다고 했듯, 이미 너는 튼튼하다 못해 미스릴처럼 단단한 토대를 다져놓은 상황이다.]

더는 무언가를 억지로 집어넣지 않는 게 옳다 여긴 것이다.

하지만 그녀는 아직 부족함을 느끼고 있었고, 스승을 원하며 좀 더 가르침을 청하고자 했다.

[굳이 네 뜻이 그렇다면, 한 분 소개시켜 주고 싶은 분이 계시기는 하다. 하지만… 이 분은 워낙 바람 같은 분이라,

나 역시 제대로 된 소식을 아는 바가 없구나.]

이름만이라도 가르쳐달라며 묻자, 이름이 아닌 직위를 전해주었다.

[우리 몽크들의 최고 수장이신, 대법관님이시란다.]

감사의 인사와 예를 올린 뒤, 다시금 새로운 스승을 찾아 길을 떠났다.

'대법관!'

그 하나의 직위만을 머릿속에 담으며 찾아 나섰다. 하지만 안타깝게도 어느 곳에서도 그 존재에는 닿을 수 없었다.

과거의 스승들을 되짚어나가며, 그들 '몽크'의 연결고리를 청하고 도움을 받아 하나하나 조사해 나갔지만, 어디서도 대법관의 존재는 찾을 수 없었다.

좌절하고 있을 즈음, 우연한 소식을 하나 들었다.

[사신이 머문 자리.]

어찌 되었건 본업은 '용병'이었기 때문일까?

대법관을 찾는 와중에 틈틈이 업계를 찾았다. 물론, 의뢰 때문이 아니었다.

패배를 안겨줬던 '그'를 찾기 위함이었고, 그와 관련된 소식을 듣게 되었다. 생각보다 비싼 가격이었으나, 특급 용병으로 활약해왔던 덕분에 감당 가능한 액수였다.

물론, 그저 '머문 자리'일 뿐이었고, 이미 지나간 터전이었지만, 그래도 한 번쯤 확인하고자 찾았다.

그리고 이곳에서 의외의 만남을 하게 되었다.

[대법관!]

놀랍게도 '그' 가 머문 자리에 그토록 찾던 존재가 머물고 있었다.

[허헛… 헤일러라고 불러주게나.]

새로운 인연의 시작이었다.

❖ ✣ ❖

아무리 은둔하다시피 살고 있다지만, 그렇다고 해서 세상을 향한 귀까지 닫아놓은 건 아니었다.

게다가 레드문이라는 훌륭한 정보단체를 곁에 두고 있으니, 적잖은 정보들을 알게 될 수밖에 없기도 했다.

그런 와중에 '그녀' 에 대한 소식을 들었다.

[프레이 에클라우!]

아무래도 몽크 대법관의 위치에 있다 보니, 그녀와 관련된 이야기를 이리저리 들어 왔었다.

나름 호기심이 있는 아이였다.

때문에 그를 찾아 움직인다는 소식에 호기심이 일기도 했다. 하지만 직접 나서서 찾아가거나 불러오지는 않았다.

인연이라는 이름으로, 그에게까지 닿는 길 역시도 시험의 하나로 여기고자 한 것이다.

그가 세상에서 자취를 감춘 게 생각보다 길었던 걸까?

'생각보다 쉽지 않은가 보군.'

그녀의 행보가 미로에 빠졌음을 알았다.

'조금쯤은 손을 내밀어줄까?'

때문에 이런 생각으로 조금 움직여보려는 찰나였다.

[사신, 운트!]

놀랍게도 또 다른 인연의 굴레를 따라, 그녀가 그에게로 찾아온 것이다.

실로 오묘한 세상의 이치를 느끼는 순간이기도 했다. 헛웃음이 절로 나왔다.

[허헛… 헤일러라고 불러주게나.]

그렇게 새로운 인연이 시작되었다.

[에던 그 친구와는 어떤 관계인고?]

그녀가 그를 찾아서 이곳까지 이르렀음을 알기에, 그 같은 물음을 던졌고, 상세한 내용들을 전해들을 수 있었다.

레드문을 통해 그녀에 대한 이야기를 제법 들어놓기는 했으나, 좀 더 정확히 알기 위해서 그녀에게 직접 물은 것이다.

때문에 지금 이 상황이 매우 재밌게 느껴지기도 했다.

"어라? 손님이 계셨네요."

그녀, 프레이가 에던과 레일라를 보고는 그리 물어왔다. 헤일러는 일단 가볍게 그 둘에 대해서 설명했다.

"옛 인연들이지."

가볍게 받아들이던 프레이가 돌연 고개를 갸웃거리며 눈살을 찌푸렸다. 그 시선의 끝에 에던이 있었는데, 당연하게도 이를 느끼고 또 짐작하고 있는 에던의 표정 역시도 구겨질 수밖에 없었다.

최대한 그녀의 시선으로부터 얼굴을 숨기고 있는 덕분에, 그 표정을 들키지 않을 수 있었지만, 슬금슬금 위치를 옮기며 정면을 찾아오는 은밀한 걸음걸음에 결국 들킬지 모른다는 위기감이 밀려들었다.

'내 변장은 완벽하다!'

스스로에게 최면을 걸어 애써 구김살을 피며 표정을 진정시키는 찰나, 드디어 프레이가 시야 전면에 모습을 드러냈다.

왠지 모르게 의심 가득한 얼굴과 이상할 정도로 불쾌감에 젖어든 눈빛이 보였다.

그녀 스스로도 이유를 모르는 까닭에, 더더욱 감정적인 흔들림이 생기는 것이리라.

짜악!

"앗!"

순간, 그녀가 손뼉을 마주치며 탄성을 내뱉었다.

'들켰나?'

당연하게도 에던의 긴장감이 한층 깊어지는 순간이었다.

"영주성에서 주문한 식재료를 받아오는 날인데, 깜빡하고 있었네요."

대뜸 그 같은 외침과 함께 후다닥 밖으로 나가버리는 것이 아닌가.

당혹스런 상황 속에서 에던이 벙찐 표정을 짓다가 이내 안도의 한숨을 게워냈다.

밖으로 나온 프레이 역시 에던과 마찬가지로 안도의 한숨을 토해내고 있었는데, 이는 자신의 실수를 알고 있기 때문이었다.

'하마터면 영감한테 또 혼날 뻔 봤네.'

이른 나이에 일찌감치 용병계에 뛰어들어 워낙 제멋대로 살아왔던 까닭일까?

그녀는 예의라는 단어와는 상당히 거리가 먼 인물이었다. 때문에 이곳 검술원에서의 초창기 생활이 순탄치 않을 수밖에 없었는데, 지금처럼 손님에게 무례를 범할 때면 여지없이 대련이라는 명목의 구타 혹은 매타작 시간이 이어지고는 했다.

지금 역시도 손님을 불쾌하게 노려봤다는 걸 깨닫고는 후다닥 도망치듯 핑계를 대며 튀어나온 것이다.

일단 살아남았다는 안도감에 한숨을 내쉬는 한편, 조금 전의 그 불쾌한 느낌에 대한 이유를 연신 상기하며 되새겼다.

'누구지?'

왜? 어째서 갑자기 이런 기분이 든 것일까?

'으음….'

아무리 생각해도 마땅히 떠오르는 게 없던 까닭인지, 결국 고개를 설레설레 흔들며 영주성으로 향해 걸었다.

❈ ✣ ❈

"흘…."

새삼스럽지만 에던은 저 웃음소리가 참으로 마음에 안 든다고 여겼다.

"알고 있었습니까?"

은은히 기세를 피워내는 에던의 물음에 헤일러는 어깨를 으쓱이며 모르쇠로 일관했다.

부들부들…

에던의 주먹이 격렬한 떨림을 보였지만, 그게 폭발하는 일은 없었다.

'빌어먹을!'

새 영역에 발을 들인 결과라고 해야 할까?

과거에는 제대로 볼 수 없었던 헤일러의 깊이를 알게 되었고, 그 때문에 선뜻 손을 뻗기가 어려워진 것이다.

'하늘을 걷는 자라니….'

믿기 어렵게도 헤일러는 이미 그보다 앞서 별의 영역 그 너머에 오른 존재였다.

'…진짜 괴물은 여기 있었네.'

바라던 경지를 이룬 순간, 더 이상 세상에 그를 곤란하게 할 만한 존재는 없을 거라 여겼다.

굳이 침묵의 숲을 찾아 크라이드만과 대면하지 않는 한, 어려움에 처할 일이 뭐 있겠냐 싶었건만, 그 같은 예상을 비웃기라도 하듯 헤일러가 그보다 더한 곳에 떡 하니 서있는 것이 아닌가.

과거에 느끼기로는 드라필만의 주인이자, 동쪽 대륙을 대표하는 강자 루드말과 비슷하거나 조금 더 나아간 수준 정도로 여겼었다.

설마, 그 사이에 발전을 이룬 것일까?

'아무래도… 그럴 리는 없겠지.'

느낌이 그랬다.

특히, 이제 막 벽을 허물고, 어렵사리 하늘너머로 걸음마를 떼는 그와는 달리, 헤일러는 제대로 걷고 있다는 느낌이 강했다.

말인 즉, 과거 그가 느끼고 경험했던 헤일러의 모든 것들이 위장이며 속임수였다는 것이다.

의도적으로 일정부분만 보여줬다는 걸 깨닫는 순간이었다. 그게 가능한지 아닌지에 대해서는 굳이 생각할 필요가 없었다. 몽크 대법관이자 경계를 넘은 존재였다.

그로써도 상상할 수 없는 많은 기예들을 알고 있을 거라 여겼다.

"쓸데없는 생각은 치우고, 그간 어떻게 지냈는지 자네 이야기나 좀 들려주게."

여전히 의심의 눈초리 한 가닥을 지우지 않는 에던의 모습에 때문이었을까? 헤일러는 슬쩍 화제전환을 위한 물음을 던졌다.

그의 이 같은 의도를 알고 있음에도, 당장 분풀이를 할 것도 아닌 만큼, 결국 입맛을 다시면서 넘어가 주기로 했다.

뒤이어 시작된 숲의 이야기는 실로 흥미진진하여, 듣는 내내 헤일러의 눈빛이 별빛처럼 반짝거릴 수밖에 없었다.

에던은 이 같은 그의 반응에 가슴 속 열기가 일부나마 사라지는 것 같았다. 조금이나마 우월감을 느끼는 부분도 거기에 한 몫하고 있었다.

하지만 이야기 끄트머리 즈음에 이어진 헤일러의 한마디가 이 같은 기분을 일순 비틀어버렸다.

"호… 역시 인간이 아니었군."

숲의 진정한 주인이라고 할 수 있는 존재, 드래곤 로드 크라이드만의 이야기를 한창 하고 있을 때였다.

그 존재에 대해 비밀로 할까도 싶었으나, 헤일러의 독특한 위치를 생각하자 굳이 숨기 필요가 뭐 있을까 싶어, 그냥 시원하게 이야기를 늘어놓은 것이다.

몽크 대법관 그리고 하늘을 걷는 자!

충분히 성녀와 같은 존재와도 비견되기에 부족함이 없다는 생각이 들어서 내린 결정이었다.

"드래곤이라니… 흥미롭군!"

헌데, 저 반응은 무엇이란 말인가.

"설마설마 싶기는 했는데, 정말 그런 존재가 있기는 했군."

마치 알고 있었다는 듯 보이는 그의 태연한 모습에, 에던은 묻지 않을 수가 없었다.

"혹시… 숲에 다녀오신 적이 있는 겁니까?"

헤일러가 히쭉 웃으며 답했다.

"전에 잠깐 들어갔다가 왔었지. 중심까지 한번 가볼까도 싶었는데, 웬 괴물 같은 꼬맹이가 떡 하니 버티고 있더란 말이지. 쫄려서 더는 못 들어가겠더라고, 그래서 그냥 걸음아 나 살리라며 줄행랑을 쳤지. 허헛! 그때는 나도 꽤 젊었어. 흘…."

소름이 끼쳤다.

"저… 젊었다고 하시면…."

"한 30년 전이었나? 워낙 오래전이라 정확하게는 기억이 안 나는구만."

'이 괴물 같은 영감탱이 같으니라고!'

냉정하게 판단했을 때, 숲의 중앙 부근에라도 도달하기 위해서는 필히 별의 영역 그 너머의 수준에는 닿아야 했다.

직접 그곳을 겪어봤기 때문에 내릴 수 있는 판단이었다.

말인 즉,

'도대체 언제부터 저런 괴물이었던 거야?'

숲은 특별했다.

"언제나 날 도전하게 만들거든."

헤일러는 그 같은 이유로, 수시로 침묵의 숲에 도전하고는 했다.

"첫 번째 벽을 넘었을 때, 처음으로 발을 들였었지."

당시에도 그는 존재하되 알려지지 않은 초월자의 일인으로써, 세상을 돌며 몽크이자 사제로써의 고행을 행하고 있었다.

그러다 우연히 숲 인근에 발길이 닿았고, 호기심에 그곳의 경계를 넘은 것이다.

"별빛을 품었다는 자부심에 약간 오만했던 걸지도 모르지."

덕분에 아주 호되게 당하고 나왔고, 스스로가 어쩌면 우물 안의 개구리일지 모른다는 생각을 하게 되었다.

알려진 건 아니지만 어쨌든 초월자였건만, 그런 생각을 하게 될 줄이야. 상상도 못했던 일이었다.

"그 이후로 틈틈이 숲을 찾았지."

몽크 특유의 단련법으로도 닿을 수 없는 생사의 순간이 그곳에서는 수시로 발생했다.

"스스로도 강해지는 게 느껴질 정도였지."

뿐만 아니라 그의 스승이 그를 거두며 잡아두었던 갈증 역시도 해소되는 걸 느꼈다.

[너는 타고나기를 피와 죽음이 함께하는 체질이다.]

그 때문에 그를 거뒀고 가르치며 스스로를 통제하며 절

제할 줄 알게 키운 것이다. 하지만 간혹 그 같은 부분에 대한 갈증이 일 때가 있었고, 이는 별빛을 품기 전까지 꾸준히 이어져 왔던 부분이었다.

놀랍게도 별의 영역에 이른 이후에도 이 같은 갈증은 간간히 발생하고는 했는데, 침묵의 숲은 이 같은 그의 절제력을 위한 최고의 무대이기도 했다.

아마도 처음 숲을 찾던 무렵에도 이 같은 갈증이 적잖은 역할을 했던 것도 같았다.

그렇다고 해서 자주 발길을 하지는 않았다.

"한 번 들어갔다 오면 아주 만신창이가 돼서 나왔으니까."

아무래도 학을 뗄 수밖에 없었다. 바깥에서 고행을 행하며 시간을 보내고, 그 와중에 심적인 안정감과 함께 갈증이 살짝 치밀어 오를 즈음에 한 번씩 숲을 향했다.

"한… 4~5년에 한 번쯤?"

그렇게 한 번 들어올 때마다 변화하는 그의 실력만큼, 숲 역시도 조금씩 그 깊은 곳까지 발길을 허락하기 시작했다.

물론, 침묵의 숲이 지닌 위험성 때문인지, 한 번에 많은 진도를 나가기는 어려웠다. 걸음을 할 때 언제나 밖으로 나올 것 역시 계산하며 움직여야 했던 까닭이었다.

처음 숲에 발을 들였던 당시, 이를 계산하지 않고 무작정 전진만하다 아주 호되게 신고식을 치렀던 만큼, 항시 퇴로를 염두에 두고 움직일 수밖에 없었다.

그렇게 조금씩 전진하며 깊이 발을 들일수록, 세상이 변해가는 느낌을 받았다.

"확실히… 그곳은 신세계였지."

마치, 신화의 한 시대에 발을 들인 것 같았다.

이제는 잊혀져버린 몬스터와 마물 그리고 마수들까지, 이야기나 전설 속에서만 접할 수 있었던 환상들이 그곳에는 살아 숨 쉬고 있었다.

"뭐, 관광지로는 최악이겠지만… 허헛!"

그렇게 꾸역꾸역 숲의 깊은 곳까지 걸음을 하던 중, 저 멀리 우뚝 솟은 거대한 빛의 결정체를 발견하게 된다.

"흘… 역시 그게 세계수였단 말이지."

앞서 에던이 들려줬던 이야기를 통해 자신의 예상이 맞았음을 알게 되었고, 오랜 세월의 의문이 하나 해결되는 것을 느꼈다.

셰릴이 전해준 이야기를 통해, 에던이 숲의 중심부로 향했고 그곳에서 머물렀음을 알았다.

하지만 거기에 무엇이 있고, 또 어떤 사건이나 생활을 겪었는지 까지는 전해주지 않았다. 그것은 그녀가 내릴 수 있는 범위의 이야기가 아니라고 여긴 것이다.

때문에 에던의 이야기가 진행되는 내내 그처럼 즐겁게 듣고 또 공감할 수 있었다.

비록 숲 중심부의 사정은 모르지만, 거기까지 이르는 내용만큼은 그 역시 지긋지긋하게 겪어봤던 까닭이었다.

"세계수라… 어쩌면 그걸 본 이후부터는 수련이 아니라, 다시금 그 빛을 보고 싶어서, 숲을 찾았던 것도 같군. 허헛!"

맘 같아서는 단번에 그곳까지 달려가고 싶었으나, 숲은 여전히 위험했다. 특히, 그 중심부와 가까워질수록, 그 거룩한 빛의 결정에 다가갈수록 거대한 위험들이 도사리고 있었다.

그러다 결국 만나버렸다.

"흘… 뭐라고 해야 할까."

이야기를 잠시 멈춘 헤일러가 생각에 잠긴 듯, 한동안 눈을 지그시 감고 생각에 잠겼다. 마치, 과거의 그 풍경 속으로 녹아드는 듯, 눈썹이 은은하게 흔들림을 보이고 있는 게 보였다.

짧지 않은 시간이 흐른 뒤에야 생각이 정리된 듯, 헤일러가 눈을 뜨며 잠시 멈췄던 이야기를 이어나갔다.

"그래. 그는… 달과 같았지."

세계수라는 태양을 등에 진 거대한 달과 같았다. 빛으로 향하던 그의 눈앞에 나타나, 마치 일식처럼 그 빛을 가리며 세상을 어둠 속으로 끌어들이는 느낌이었다.

"허헛… 그 당시의 경험은 정말…."

다시금 생각해도 오싹한 무언가가 있었다.

"한 걸음도 떼지 못했지."

마주하는 순간 죽음을 인지했고, 최후를 각오했다. 정신을 차린 건, 그 숨 막히는 생사의 경계 속에서 여전히 그가 삶의 공간에, 이곳 세상에 머무르고 있음을 자각했을 때였다.

사자는 먼발치서 멀뚱히 쳐다보고만 있을 뿐이었다.

"마치, 그건…."

그에게 이야기를 하는 것 같았다.

[네게 허락된 거리는 거기까지다.]

더 이상 가까이 오는 건 용납하지 않겠다는 듯, 물러나라 명하는 것처럼 들렸다. 아니, 느껴졌다. 직접 대화를 나눈 건 아니지만, 그의 눈빛과 표정 태도가 그처럼 이야기하는 것 같았다.

그리고 이후 더 깊이 들어갈 수 없다는 생각에 좌절하며 숲으로의 발길을 끊은 것이다.

물론, 에던의 이야기를 통해 그가 세계수의 파수꾼이 아닌 드래곤임을 알았고, 그와 동시에 크라이드만이 세워놓은 경계 바깥에 머물렀기에 안전할 수 있던 것 역시 알게 되었지만, 어쨌든 당시 그에게는 그 같은 절망감이 짙게 느껴졌고, 이야기를 들은 지금도 그 같은 생각을 온전히 지우기는 어렵게 여겨졌다.

하지만 그의 이야기를 통해, 빛의 결정에 가까워질 수 있는 한 가닥 희망이 생겼다는 건 확실했다.

'언젠가는….'

마음이 정리가 된다면, 다시금 찾아가 볼 생각이었다.

이야기를 듣는 내내 에던은 새삼 헤일러가 대단하다는 걸 인정하지 않을 수가 없었다.

직접 경험해봤기 때문에 숲의 위험성이 얼마나 높은지 잘 아는 까닭이었다. 만약, 엘프들의 안내와 정화의 불이 아니었더라면 중심부까지 들어가는 건 결코 무리였을 것이다.

게다가 밖으로 나올 때 역시 마찬가지였다. 비록 온전히 경지를 이루기 전이었다고는 하나, 그래도 적잖은 발전을 이룬 시기였다.

그럼에도 불구하고 역시 엘프들의 도움이 없었더라면, 밖으로 나오는 게 쉽지 않았을 거라 여겼다.

헌데, 헤일러는 그 같은 장소를 홀로 수차례 도전하며 들이받았다는 것이 아닌가.

'괴물 같은 영감탱이!'

대륙에 알려진 건 아니지만, 분명 이전 시대와 그 이전의 시대에도 눈앞의 존재야말로 최강이었던 건 아니었을까?

그런 생각이 절로 들 정도였다.

때문에 더욱 눈앞의 헤일러를 이리저리 살필 수밖에 없었다.

이미 백세를 넘긴 나이에 육신은 오래토록 그 기력을 잃어가는 시기였다. 전성기를 지나도 한참이나 더 지난 것이다.

그럼에도 불구하고 그의 감각은 승부를 장담하기 어렵다 말하고 있었다.

물론, 세월이 흐르며 육신의 강함이 아닌 경험을 비롯한 다른 대체적 강함을 얻어왔을 것은 분명하지만, 그럼에도 불구하고 궁금증이 이는 건 어쩔 수가 없었다.

'한… 10… 아니, 30… 쩝! 50년만 젊었어도 어땠을까?'

그렇게 계산을 해도 머리가 희끗할 시기였다.

워낙 나이가 나이인 만큼, 숫자계산이 쉽진 않았지만, 어쨌든 조금이라도 저 육신이 활기가 넘치는 시기였더라면 과연 어떤 느낌을 받았을지 궁금해졌다.

'어쩌면….'

떠오르는 얼굴이 있었다.

[크라이드만!]

어째서인지 그의 그림자가 비치는 것 같았다.

'…정말, 괴물이네!'

연신 터져 나오려는 감탄과 탄성을 억누르는 그에게, 헤일라가 히쭉 웃으며 물어왔다.

"그나저나 언제까지 있을 생각인가?"

"글쎄요… 일단, 올 겨울은 이곳에서 마무리를 지을까 생각 중입니다."

지치기도 했거니와 적당히 암전을 흔들기 위한 시간으로써 그 정도는 필요하다는 결론이었다.

"흘… 그보다 계속 그렇게 지낼 겐가?"

에던의 변장을 언급하는 것이었다.

"…글쎄…요."

애초에 변장을 지울 생각은 없었다. 크게 불편한 것도 아니기 때문이다. 단지, 아이들에게 정체를 밝히는 부분이 문제였는데, 이로 인해서 발생할 불편함 때문이었다.

'프레이….'

설마, 그녀가 이곳에 있을 줄이야.

'…끄응!'

당연하게도 예전처럼 그녀가 두렵다는 식의 이유는 아니었다.

'조금은… 무서우려나?'

미쳐 날뛰던 그녀의 모습이 지금도 생생히 남아있어, 상기하는 것만으로도 살짝 오싹한 느낌이 있었다.

어찌 되었건 지금은 과거와 달리 '귀찮다' 라는 부분이 더 컸다. 물론, 과거에도 귀찮다는 부분이 있기는 했다.

하지만 당시에는 귀찮음 이전에 두려움이라는 점이 앞서 있었고, 그런 만큼 자연히 피하게 된 것이었다.

'으음… 이를 어쩐다.'

고민이 이어졌다.

제니스의 존재 때문에 변장을 풀 생각은 없었으나, 리아를 생각하자면 그 정체를 드러내고 싶은 마음도 적지 않았다.

'뭐, 들키면 어쩔 수 없는 거니.'

기존의 계획대로 아이들에게는 밝힌 상태로, 최대한 비밀을 유지해 볼 생각이었다.

고민은 거기까지였다. 당장 중요한 게 따로 있는 까닭이었다. 정리를 마친 그가 헤일러를 바라보며 물었다.

"그나저나… 그… 베른이라는 놈, 집이 어딥니까?"

질문을 던지는 그의 두 눈가에 불꽃이 튀기고 있었다.

❖ ✣ ❖

계획적으로 시작된 전쟁이었다.

때문에 국지전을 유지하다 상황에 따라 그 불길을 식히거나 더욱 거세게 불태울 예정이기는 했다.

그런 이유로 현 상황에 맞춰보자면 불길을 잡아야 한다는 게 칠성좌가 내린 공통된 의견이었다.

하지만 어찌 된 일인지, 불길이 점차 거세지려 하는 낌새가 보이고 있었다.

"엉망이군."

라벨르만은 고개를 절레절레 저으며 현 상황을 짚어나갔다.

"균열이 생각보다 커… 쯧!"

에던으로 인해 발생한 균열이 그들 칠성좌의 영향력을 크게 흔들고 있었다.

그 때문인지 뿌리의 일원들이 점차적으로 제 목소리를

높이기 시작했고, 거기에 더해 개별적인 행동으로 이어지려 하고 있었다.

몇몇 전면전의 양상을 비치는 왕국들이 그 증거였다.

특히, 그의 터전인 트레이셸의 주변국들 중에서도 그 같은 모습이 보여 진다는 건, 여러모로 많은 생각을 하게 만들기에 충분했다.

그렇잖아도 알게 모르게 그들 칠성좌의 체재에 반발심을 가지고 있는 일원들이 적지 않았다.

단지, 지금까지는 칠성좌가 지닌 능력들을 알기에 애써 그 같은 부분을 표출하지 않고 있었을 뿐이었다.

하지만 이번 사건들을 계기로 그들에 대한 의혹 그리고 의심이 생겨나며, 억눌렀던 불만들이 조금씩 삐져나오기 시작한 것이다.

"골치 아프게 됐군."

갑작스레 사라진 에던으로 인해 그렇잖아도 머리가 복잡하건만, 여기에 더해 내부적인 문젯거리가 불거져 나오며 상황을 더욱 어지럽게 만들고 있었다.

"두 마리 토끼를 다 잡는 건… 역시 무리겠지?"

표정을 한껏 구기던 그가 이내 한숨을 내쉬며 마음을 정리했다.

"후… 선택과 집중인가."

그들 내부의 곪은 상처들이 터져 나오고 있음에, 당장은 이를 치료하는데 전념해야 함을 깨달은 것이다.

자칫, 칠성좌의 체계뿐만 아니라, 오랜 역사를 이어온 암전의 뿌리 자체가 흔들리고 또 무너질지도 모른다는 위기감이 든 까닭이었다.

"에던 운트… 그래. 일단은 미뤄두마. 으득!"

결정을 내렸다면 움직여야 할 때였다.

❖ ✣ ❖

어느 날 문득, 아침 공기가 이전과는 다르다고 여겨질 무렵, 갑작스럽게 하늘 너머로부터 새하얀 물결이 밀려들었고, 순식간에 세상을 순백의 빛으로 덮어버렸다.

그렇게 본격적인 겨울의 첫출발이 하늘하늘 떨어지고 또 쌓여갔다.

감상에 빠지기에는 충분한 광경이었다.

"쓰읍… 새하얀 똥이 떨어지는 구나."

하지만 그 풍경 속에서 유난스러울 정도로 감정적인 반응을 보이는 이가 있었다.

싸악… 싸악…

프레이는 검술원 연무장에 쌓인 눈을 치우며 입술을 비죽 내밀었다.

'아니. 왜?'

혼자서 이 넓은 연무장을 치워야 한단 말인가.

'…그 빌어먹을 놈!'

하릴없이 시간을 낭비하는 '불청객'이 떠올랐다.

'애초에 첫인상부터가 최악이었지.'

그래서일까? 그 행동부터 시작하여 사소한 것 하나까지 전부 마음에 들지 않았다.

심지어 이름마저도 거슬릴 정도였으니 더 말해 무엇하랴.

'레일? 사내놈 이름이 그게 뭐야? 흥!'

누가 봐도 심술일 뿐이었다.

하지만 이 같은 감정을 드러내지는 못했다. 스승으로 모시고 있는 헤일러와 적잖은 친분을 지닌 것으로 보인 까닭이었다.

때문에 그저 혼자서 속앓이만 할 뿐이었다.

특히, 열 받는 건 지금처럼 그녀는 열심히 일을 하고 있는 이 순간에도 레일은 손님이라는 이유만으로, 건물 안쪽에서 따뜻한 난로를 곁에 둔 채, 편안하니 휴식을 취하고 있다는 점이었다.

빠각…

결국 그 화를 참지 못했음일까? 연무장을 쓸던 빗자루가 악력을 이기지 못한 채, 잔혹하게 짓이겨지며 비참한 최후를 맞이하고야 말았다.

"어차피 계속 올 건데 지금 쓸어서 뭐해?"

그 말과 함께 결론을 내린 그녀가 발길을 홱 하니 돌리는 순간이었다.

"어차피 쌀 거 먹어서 뭐해?"

등골이 오싹해지는 음성이 들려왔다.

"히끅!"

언제부터 지켜보고 있던 것인지, 안쪽으로 향하는 입구에서 헤일러가 히쭉 웃음을 던지고 있는 게 보였다.

마른침을 꼴깍 삼키는 그녀를 향해 헤일러가 묻듯이 혼잣말을 던졌다.

"어차피 뒈질 거 숨은 왜 쉬니?"

그러면서 슬쩍 바닥에 내동댕이쳐진 빗자루였던 무언가를 바라보는데, 그 행동이면 모든 상황을 해석하기에 충분했다.

'…젠장!'

모르긴 몰라도 머잖아 대련이라는 명목의 구타가 발생하리라.

"흘… 검술원을 세우면서 직접 만든 녀석인데. 허헛!"

이곳 역사와 함께해 온 것이다.

"제대로 허리를 분질러 놨구나."

이어지는 헤일러의 이야기를 통해 구타의 수위 역시도 짐작할 수 있었다. 하지만 아직 일말의 희망은 남아있음일까?

"네 치유력이 얼마나 뛰어난지, 한 번 지켜보마."

말인 즉, 어떻게 고쳐놓는가에 따라서 수위가 결정 난다는 의미였다. 당연하게도 대련은 이미 확정이었다.

'…젠장! 이게 다 그 빌어먹을 놈 때문이야.'

상황이 이렇다 보니, 자연히 떠오르는 '그놈'을 속으로 씹고 뜯으며 화를 삭일 수밖에 없었다.

헤일러는 울그락불그락 하는 프레이의 얼굴을 보며 조용히 미소 지었다.

워낙 어린 시절부터 거친 용병계에서 살아왔던 까닭일까? 프레이는 그의 젊은 날을 떠올리게 할 정도로 성격이 거칠었다.

때문에 이를 조금이나마 잡아주기 위해, 이리저리 몰아붙이며 스스로를 통제하고 또 인내하는 방법을 가르치는 중이었다.

그저 강해지기 위한 방편의 수련이 아니라, 스스로를 돌아보고 깨우치기 위한 수행을 시키고자 하는 것이다.

'이미 육체적으로는 완성된 상태이니.'

그 같은 이유로 인해 에던의 등장이 더욱 반가웠다. 그녀를 자극하며 끊임없이 인내를 요구할 것이기 때문이었다.

'흘… 빛과 그림자인가.'

프레이의 특별한 성력은 그야말로 빛에 비유할 수 있었다. 더불어 마신의 사자라 할 수 있는 에던은 그림자의 위치였다.

그녀가 에던을 신경 쓰는 결정적인 이유가 바로 거기에 있었다.

정체를 들켰다거나, 예리한 감으로 에던의 흔적을 읽어 냈다던가 하는 게 아니었다.

말 그대로 둘 사이의 상반된 기운 또는 흐름이 그녀를 쉴 새 없이 자극하며, 에던을 의식하게 만드는 것이었다.

이런 면에서 생각해 본다면, 에던 역시도 그녀와 크게 다를 건 없었다.

별빛을 품고 이제는 그 위치마저 넘어선 그가 이상할 정도로 그녀를 의식하며 회피하는 게, 바로 그 대표적인 증거였다.

서로가 지닌 상반된 기운으로 인해 자연스레 그녀와 거리감을 두려 하는 것이었다.

비록 그 경지에서는 차이가 난다고는 하나, 지닌바 기운을 생각한다면 의외로 둘 사이의 격차는 그리 크지 않았다.

적어도 별빛을 품지 못한 그녀와 별빛너머 하늘에 오른 에던 사이의 차이만큼은 아닐 터였다.

굳이 이유를 들라고 한다면 간단했다.

성녀!

한 눈에 알아봤다. 아니, 마주하기 이전부터 이미 짐작하고 있었다.

그녀는 탄생과 함께 빛의 축복을 받았고, 그 순간 이미 하늘 너머에 닿을 자격이 갖춰진 여인이었다. 특별하고 또 특별한 것이다.

빛의 사자와 어둠의 심판자가 한 자리에 있었다.

'상극이라면 상극인 게지. 흠….'

이 뜻밖의 만남은 헤일러에게도 많은 생각을 하게 만드는 시간이기도 했다.

고대 역사로부터 성녀들은 항시 존재해왔다. 그 등장이 잦은 건 아니었지만, 그래도 백년 정도의 간격을 둔 채 꾸준히 등장해왔었다.

시일이 길어져도 그 배의 시간을 넘어가는 경우까진 거의 없었다.

'항시… 세상에 어둠이 찾아오는 시기에 등장하고는 했지.'

크게는 마왕이나 마족과 같은 존재들의 출현과 맞물리는 경우를 들 수 있었고, 그나마 작게 잡아도 인간들이 일으킨 전쟁으로 세상이 피폐해지고 고난에 잠기는 시기를 생각하면 됐다.

둘의 만남은 이 부분을 다시금 상기하게 했다.

'정말… 인간들의 전쟁이 성녀까지 출현해야 할 정도였나?'

분명, 세상이 크게 흔들릴 정도의 전쟁이 발발하는 경우도 있었지만, 의외로 알려진 것에 비해 규모가 작았던 전쟁들도 적지 않았다.

성녀의 출현으로 인해 오히려 과장되고 와전된 경향이 컸다.

이런 부분들을 되새기며 의문이 이어졌다.

'어쩌면… 알려지지 않은 어둠이 내려앉았던 건 아닐까?'

과장되었던 전쟁의 기록 너머로 숨겨진 비사가 있던 걸지도 모른다는 생각이 들었다.

하지만 성국이나 몽크들의 대역사 속에서도 남겨진 기록이 없던 까닭에, 이 부분에 대해서는 제대로 확인하기가 어려웠다.

그렇다면 정말로 세상도 모르고 성국 그리고 성녀 본인도 알 수 없는, 그런 어둠이 내려앉았다 사라졌던 경우일지도 모른다는 생각이 들었다.

'에던 그 녀석처럼….'

첫 만남에서 사신을 떠올리게 만들 정도로 에던의 내면에는 깊고 짙은 어둠이 자리하고 있었다.

대역사 속에서도 조금은 의문스런 성녀의 출현들이 분명 존재했고, 어쩌면 그 이면에는 에던과 같은 이질적인 존재가 끼어있는 건 아닐까?

에던에게 듣기를 저들 심판자의 시간은 세상의 이면에서도 지워지고 묻히는 그런 역사라고 들었다.

충분히 가능성이 있는 이야기라 여겼다.

빛과 그림자!

'…어둠이 짙으면 빛이 일어나리니.'

헤일러는 둘의 만남을 목격하고 이 같은 의문과 의심 그리고 추측을 하는 순간, 어쩌면 이거야말로 '계시' 의 한 자락이 아닐까 하는 의문을 품게 되었다.

너무도 자연스럽게 그 같은 흐름을 떠올리고 생각하며 빠져드는 본인의 모습 때문이었다.

이렇게나마 와전되고 감춰져간 진실의 편린을 알게 해 주는 건 아닐까?

'모를 일이지.'

습관처럼 기도문을 읊조린 그가 빗자루의 소생에 전념하는 프레이를 일별하고는 발길을 돌려 건물 안으로 향했다.

❖ ✣ ❖

팍팍팍팍…

에던은 갑작스레 밀려든 가려움에 격렬히 귀지를 파헤치며 눈살을 찌푸려야만 했다.

생각보다 손끝에 걸리는 게 적었던 까닭이었다. 아쉬움에 몇 차례 더 긁어내고 난 뒤에야 귓가에서 손을 뗄 수 있었다.

"눈 한 번 시원하게도 내린다."

창밖으로 비치는 바깥 풍경을 훔쳐보며 나직하니 중얼거리던 에던이 벽난로가 있는 방향으로 시선을 돌렸다.

연공이 한창인 두 제자, 리아와 루드가 보였다.

각자 그가 전해준 연공법을 하고 있었는데, 특이한 건 움직이며 하는 연무공이 아닌 앉아서 행하는 좌식공으로 연공을 하는 중이라는 점이었다.

기존에 전한 연공법이라면 움직임 속에서 호흡을 찾아가는 과정을 거치는 방식이었는데, 어느 틈엔가 좌식공으로 바뀐 것이다.

이는 이번에 검술원을 찾은 에던이 헤일러를 통해서 아이들에게 전한 것으로써, 그간 깨달음을 정리하며 베르말식의 원형인 라-베르말 연공법의 흐름을 담은 좌식공이었다.

과거에도 '약식' 이라는 명칭으로, 연공법의 움직임을 최소화하며 이를 행하기도 했었는데, 아이들이 하고 있는 좌식공은 그 결정체라고 할 수 있었다.

헤일러는 이를 아이들에게 가르치며, 에던이 준비해준 것이라 전했고, 그 때문인지 아이들은 더더욱 열중해서 배우고 익혀나가는 중이었다.

연공법에 대한 의심은 없었다. 직접 행하고 익히면서, 기존에 쌓아왔던 연공의 흐름이 그 안에 담겨있다는 걸 느낀 까닭이었다.

아직 그 정체를 밝히지 않은 탓에, 아이들은 에던을 그저 헤일러의 손님 정도로만 알고 있기도 했다.

[실력깨나 있는 녀석이니, 궁금하거나 배우고 싶은 게 있다면, 언제든 가르침을 청해도 된다.]

헤일러가 이처럼 소개를 해 준 덕분인지, 제법 가깝게 지내는 게 가능했고, 이래저래 직접적으로 가르쳐주고 싶은 마음도 일부나마 달랠 수 있었다.

아쉬운 게 있다면 여동생을 가까이서 살필 수 없다는 점이었는데, 그나마 다행이라고 해야 할까?

헤일러에게 인사를 오는 여동생으로 인해, 아쉬운 대로 얼굴 정도는 오며가며 마주할 수 있다는 점이었다.

제니스가 이곳을 찾는 이유들은 다양했는데, 짧지 않은 시간을 이곳 검술원에서 생활했던 부분이나, 리아를 가르쳐주는 점, 거기에 더해 그녀 본인의 불편한 몸을 치료해준 것까지, 실로 다양한 이유들이 있었다.

베른을 만나게 된 것도 헤일러와 이곳 검술원의 도움 덕분이지 않던가.

그녀에게 있어서 헤일러는 너무도 고마운 은인이었고, 때문에 그 감사의 표시로 자주 찾으며 인사를 올리는 것이었다.

'…베른 렐트.'

새롭게 그녀의 삶에 끼어들어, 이제는 든든한 버팀목이 되어줄 사내를 떠올렸다.

일단, 레드문을 통해 얻은 정보는 나쁘지 않았다.

비르프 기사단의 부단장으로써, 일단 직업이 매우 안정적이었고, 영지 내의 평가도 나쁘지 않았으며, 결정적으로 영주의 신뢰를 적잖게 받고 있어서, 미래 역시도 제법 밝았다.

뿐만 아니라 그 직위에 어울리게 준 귀족의 신분을 지니고 있어서, 차후 루드가 후계자 수업을 완료하는 시점이면, 아마도 남작의 작위까지는 확실히 받을 듯싶었다.

'쩝….'

어디하나 흠잡을 만한 구석이 없었다. 심지어 성격마저도 나쁘지 않다는 게 주변의 평이었다.

'하긴, 그러니 영지민들이 인정을 하는 거겠지.'

그럼에도 불구하고 굳이 흠을 잡자고 한다면, 아무래도 '나이'를 들 수 있을 것이다.

30대 중반!

에던보다도 무려 5살이 많았고, 동생과는 8살이나 차이가 났다. 도둑놈이라는 말이 나올 수도 있겠지만, 이 부분도 기사라는 직업과 그 실력에 비교했을 때, 아직까지는 젊은 층에 속하는 편이었다.

'뭐… 겉모습은 노땅이지만.'

그의 개인적인 평가와는 달리, 어쨌든 전체적으로 점수가 높은 것이다.

특히, 제니스의 전 남편을 떠올린다면, 하늘과 땅만큼의 차이가 있는 1등 신랑감이었다.

'그럭저럭 생긴 것도… 괜찮고.'

사실, 생각해보면 심히 과하다 못해 넘칠 정도의 사내였다. 하지만 아무래도 오라비의 입장이라는 게 있어서일까?

그 곁을 지켜주지 못했던 만큼, 더더욱 마음이 쓰이는 것일지도 몰랐다.

특히, 셰릴을 통해 전해들은 결과, 다른 가족들은 그럭저럭 무리는 없이 먹고살고 있다고 했다.

제니스의 경우만이 남자를 잘 못 만나서 크게 고생을 한 것이라고 들었고, 그 때문에 더욱 민감하게 반응하고 있는 걸지도 몰랐다.

그 때문에 짧지 않은 시간동안 세심히 베른을 관찰했다. 루드의 보호자이자 호위자로써 동행을 하는 만큼, 지켜볼 수 있는 시간은 넘쳤다.

그렇게 시간을 들인 결과,

'쓸 만…하네.'

영지민들이 인정하듯, 그 역시 납득하며 고개를 끄덕이고야 말았다.

그리고 이 같은 결정적인 것 하나,

'이미 애까지 생겼으니….'

생각해보면 그가 떠나던 무렵부터 시작된 인연이었다. 얼추 5년 남짓의 시간이 흘렀다는 걸 생각한다면, 적절한 시간이고 또 흐름이라 여겨졌다.

게다가 제니스를 애지중지하는 모습에 이미 만족하고, 생각보다 흡족해하는 자신을 발견하기도 했다.

'뭐… 그래. 인정한다. 인정해!'

덕분에 그는 결단을 내릴 수 있었다.

'그래. 제니스를 위한 일이라고 생각하자!'

뿐만 아니라 리아와 토드 그리고 곧 태어날 셋째를 위한 일이기도 했다.

'집안의 기둥이 부실해서야 안 되겠지.'

연신 고개를 끄덕이며 스스로를 납득시켰다.

"두드릴수록 단단해진다고 하니까. 흐…."

일순, 에덴의 눈가에 불꽃이 튀었다.

그 시각,

부르르르…

검술원 입구를 지키고 있던 베른이 저도 모르게 몸을 떨었다. 갑작스런 오한에 의문을 느끼다가, 창밖으로 쏟아지는 눈발을 보며 날이 춥기는 춥다며 혼잣말을 중얼거릴 뿐이었다.

4. 기지개.

겨울이 깊어지고, 어느덧 한 해의 마지막을 지나는가 싶더니, 그야말로 순식간에 새해를 맞이하게 되었다.

짧지 않은 시간이 흘렀고, 그 와중에 검술원은 적지 않은 변화를 겪어야만 했다.

먼저, 아이들 수련방식의 변화였다.

연공법에 좌식공이 포함된 걸 시작으로, 에던은 다양한 수련법들을 전했는데, 거기에는 북대륙의 스페렌 왕국에서 에트라인을 가르치던 경험과 수인족들을 겪으며 쌓은 지식들이 상당부분 포함되어 있었다.

당연하게도 헤일러를 통해 전달했는데, 그 와중에 헤일러와 의견을 나누며 보완하고 안정감을 다져넣으며, 완성도를 높이는 것 역시 잊지 않았다.

몽크 대법관으로써 그가 배우고 익힌 공부의 깊이는 에던으로써도 상상할 수 없을 만큼 방대함을 아는 까닭이었다.

뿐만 아니라 레-그라자에서 크라이드만과 수련을 하던 당시, 함께하던 에체나에게 엘프들의 체술을 비롯한 공부들도 제법 배우고 익혀놨었는데, 이 역시 헤일러와 의견을 나누며 아이들의 수련법이 깔끔히 스며들게 완성을 시킨 상태였다.

혹시나 있을지 모를 암전의 시선 역시도 고려해서 조치를 취해 놓은 수련법으로써, 세세히 단계별로 나눠놓은 까닭에 당장 커다란 변화가 드러나지는 않을 것이기에, 불필요한 시선을 끌어들일 일은 없었다.

그리고 다음으로 변화를 겪은 건 검술원의 새로운 강사직을 맡고 있는 프레이였다.

헤일러가 은연중에 아이들의 수련을 에던에게 맡기는 형태를 취하고 나자, 자연스레 프레이의 여유시간이 늘어날 수밖에 없었고, 그 시간은 헤일러와의 1대1 대련 혹은 수련 시간으로 변화되어갔다.

아이들이 난로 옆에서 연공법에 몰두하는 시간들이 그 시간의 중심이 되고는 했다.

마지막으로 새로운 수련생의 추가였다.

[베른 렐트!]

무려, 이곳 영지를 대표하는 비르프 기사단의 부단장으로써, 소영주인 루드를 호위하는 게 그의 역할이었다.

하지만 겨울이 깊어질 즈음부터, 새로운 역할이 그에게 추가되었다.

[배워라!]

이 같은 말과 함께 에던이 그를 가르치기 시작한 것이다.

거절?

안타깝게도 그에게는 허락될 수 없는 이야기였다.

[사신 운트!]

최근 들어서는 인세의 마왕이라는 명칭이 더 자주 불리고 있었지만, 아직 이 부근에서는 사신이라는 단어가 좀 더 익숙한, 그 절대적인 강자가 직접 내려주는 가르침이었다.

그뿐만이 아니었다.

[내 동생을 지키려면, 지금 그 수준으로는 부족해!]

무려, 제니스의 오라비가 내리는 명령이었으니, 그로써는 감히 거절할 수가 없기도 했다.

이 부분에서 에던은 많은 고민을 했었는데, 그렇게 내린 결론은 정체를 밝히는 것이었다.

결단을 내리던 날, 은밀히 베른을 찾았고, 진실을 전했다.

당연하게도 믿지 않았다.

'그렇다면 믿게 만들어야지!'

가장 먼저 보여준 건 얼굴이었다. 과거의 인연으로 인해 베른은 그의 본모습을 아는 까닭이었다.

변장을 일부 거둬서 외형적인 모습을 앞세웠고, 이후 실력으로 뒤를 받친 뒤, 마지막으로 정보력으로 마무리를 했다.

제니스의 가족이 아니라면 알 수 없는 그런 비밀들을 늘어놓은 것이다.

간단한 예를 들자면,

"제니스 등허리 쪽에 별처럼 생긴 점이 있는데, 혹시 알려나?"

이런 식으로 신체적인 특징을 늘어놓는 것이다.

동생들 대부분을 업어 키웠던 만큼, 신체적 특징 정도는 얼마든 늘어놓을 수 있었다.

한창 개구쟁이일 무렵 찢어졌던 상처들도 하나하나 짚어나간 덕분에, 베른은 점차적으로 에던의 이야기에 빠져들었고 그렇게 믿음이란 녀석이 더해질 수밖에 없었다.

당연하게도 이 모든 건 비밀이었다. 영주에게도 밝혀서는 안 된다고 단단히 못을 박았다.

[내 정체를 아는 게 얼마나 위험한지 모르지는 않겠지? 비밀로 하는 게 여러모로 좋을 걸.]

베른은 잠시 주저하는 듯했으나, 제니스의 오라비라는 위치 때문일까?

결국, 그의 뜻을 따르기로 했다.

이 부분에서 에던은 조금 더 그의 점수를 높게 줬다.

'맹목적인 충성심을 내세워 가족을 등한시하는 건, 절대

용서할 수 없지!'

상황이 조금 다르기는 했으나, 제니스를 우선 생각해 줬다는 부분이 그를 만족스럽게 했다.

기사로써의 점수는 조금쯤 깎여도 상관없었다.

'내 동생이 우선이지!'

전쟁터를 전전하며 겪은 경험 때문일까?

오히려 무조건적인 충성심을 강요하며 앞세우는 기사를 좋게 생각하지 않는 까닭에, 에던의 입장에서는 기사로써의 점수 역시도 오히려 더해주고 있었다.

그런 이유로 수련의 정도를 좀 더 높여주기로 결심했다.

게다가 가르치는 입장에서 봤을 때, 베른은 생각보다 뛰어난 재능의 소유자이기도 했다.

'이미 서른을 넘긴 기사에게 재능이란 단어를 쓰기가 어색하기는 하지만….'

베른에게는 제법 잘 어울리는 단어라고 여겨졌다.

5년 전에도 베른은 기사단의 부단장을 하고 있었다. 그 당시가 겨우 서른 초반이었다는 걸 생각한다면, 베른은 뛰어난 재능의 소유자였다.

여전히 부단장의 자리에 있다지만, 이는 그의 위로 영지의 최고실력자가 자리하고 있기 때문이었다.

'뭐… 현 단장의 나이를 생각하면, 단장직에 오르는 것도 머지않았지.'

게다가 과거에도 명문검가의 선임기사 수준이었던 베른

이었다. 그 나이에 그만한 실력이라면, 충분히 재능이란 단어가 섞여 나와도 이상하지 않았다.

뿐만 아니라 세월이 흐른 지금은 선임기사 수준을 넘어 고위기사의 영역에 올라 있었다. 재능을 잘 갈고닦아 제대로 개화시킨 수준이었다.

선임기사!

이 부분이 중요했다.

별의 경계에 닿아있다는 말과도 같기 때문이었다.

'기회만 닿는다면… 충분히 벽을 넘어설 수도 있다!'

가능성이 있었다.

물론, 이 마지막 관문을 넘지 못하고 좌절하고 또 절망하다, 결국 전성기를 지나 점차적으로 퇴보를 밟는 경우가 허다하기도 했다.

하지만 그 문을 두드릴 자격도 갖추지 못한 이들이 대다수인 걸 생각해 봤을 때, 그는 분명 재능이 충분했고 그에 합당한 열정도 품고 있었다.

레드문을 통해서 그에 대해 알아봤던 만큼, 그의 성실함 역시 잘 알기에, 그가 쏟아온 노력과 집념 역시도 모르지 않았다.

오러를 쌓는 기사들은 일반인들에 비해 그 청춘의 기간이 좀 더 길었다.

이 같은 기점에서 봤을 때, 베른은 아직 전성기가 한창이라 할 수 있는 시기였고, 그런 만큼 계기만 충분하다면 가능성을 잡아챌 기회 정도는 마련해 줄 수 있을 터였다.

그런 이유로 에던은 베른을 쉴 새 없이 몰아쳤다.

방법이야 아주 간단했다.

"두드리고 또 두드려라. 그러면 열릴지니!"

이 같은 주장을 앞세우며 정말로 두드리고 또 두드렸다.

"맞다보면 피하는 방법을 알게 될 거고, 그러다 보면 살 길이 열릴 거야. 자랑은 아니지만, 내 손에서 살아날 정도면 벽 정도는 이미 넘어 있을 걸."

크라이드만이 그를 가르쳤던 방식을 아주 제대로 모방해 줬다.

당연하게도 베른에게는 지옥문이 열리는 것과 같은 소리일 터였다.

"물론, 그저 육질… 육신을 다지기만 하는 게 끝은 아니지."

정상적인 수련법 역시도 마련되어 있었다.

베른은 전형적인 딱딱한 움직임을 몸에 익히고 있었다. 간결하고 단단했다. 그만큼 파괴력도 강렬하지만 그런 까닭에 부러지기 쉬운 결점을 지녔다.

때문에 좀 더 풀어줄 필요가 있었고, 거기에 합당한 게 바로 엘프들의 체술이었다.

물론, 그들의 공부를 그대로 전하는 건 에던 역시도 허락이 필요한 일이었기에, 아이들에게 전했던 방법처럼 그가 직접 체득하고 변형시켜서 정립시킨 새로운 방식을 전했다.

밑바닥 진창을 구르고 구르며 익힌 다양한 체술들과 접목시킨 까닭에, 엘프들의 체술과는 다른 면이 많았고, 좀 더 당당히 타인에게 전수를 할 수 있는 공부였다.

가르치는 방식으로 인해, 아이들과 다르게 좀 더 격렬한 면이 컸지만, 오히려 그 부분이 베른이 지금껏 해 왔던 움직임이나 수련법과 들어맞는 면이 있어, 생각보다 효과가 나쁘지 않았다.

게다가 그의 나이를 생각해 봤을 때, 그간 해 온 공부들이 있는 만큼, 부드러운 흐름을 그 안에 제대로 품기는 어려웠다.

하지만 언뜻 경직된 듯도 보이던 검 끝에 한줌 여유는 불어넣을 수 있었다.

베른 스스로가 열정적으로 노력을 기울인 덕분에, 짧은 시간에 생각보다 많은 진전을 이룬 것이기도 했다.

'제니가 사신의 동생이라면, 지금 수준으로는 안 돼!'

그 스스로도 에던과 혈육관계라는 위치가 얼마나 위험한지 아는 까닭이었다.

[암전의 대적자!]

실로 위험천만한 위치였다.

개인적인 욕심 역시도 있었지만, 그보다는 제니스와 아이들 그리고 이제 곧 태어날 아이를 우선으로 생각하며, 스스로를 채찍질하길 주저하지 않았다.

'…제니를 위해!'

그리고 가족들을 위해, 베른은 이를 악물었다.

가르치는 에던으로 하여금 절로 만족감을 느끼게 만드는 태도였고 자세였으며 각오였다.

"나도 열심히 해야겠지!"

지옥문이 활짝 열리고 있었다.

❖ ✣ ❖

숨긴다고 숨기고 있으나, 검술원의 변화는 아무래도 쉬이 숨겨질 것들이 아니었다.

나름 잘 감춘다고 이것저것 쪼개고 단계별로 나누며, 주변 시야들을 속여 나갔으나, 조금씩 변화하는 모습이 비쳐지는 건 어쩔 수가 없었다.

물론, 그렇다고 해서 크게 특별한 건 아니었지만, 자그마한 부분에도 민감하게 반응할 수밖에 없는 정보요원들에게 있어, 그들의 변화는 시선을 끌기에 충분했다.

"흐음… 외부인이란 말이지."

암전의 요원들은 지난겨울의 초입 즈음, 갑자기 찾아든 검술원의 손님에 대해 이미 관심을 기울이고 있었다.

그와 동시에 작은 변화를 보이는 검술원의 모습에 점차적으로 집중력을 높여나가는 중이기도 했다.

"레일 발란트. 셰일리 발란트."

에던은 '레일' 이라는 이름으로, 레일라는 '셰일리' 라는 이름으로 위장하고 있었는데, 특이한 건 그들이 '남매' 라는 부분이었다.

레드문이 마련해준 신분으로써, 이는 셰릴이 둘 사이의 행동에 제약을 주기 위한 그녀 나름의 방해 작전이었다.

신분 자체에 특별할 건 없는 까닭에, 암전 측에서도 어렵지 않게 알아낼 수 있었다.

이곳 페른 자작령의 정보를 담당하고 있는 '델론' 은 연신 턱을 쓸며 검술원의 새로운 소식을 읽고 또 읽었다.

"사신일까?"

한 차례 뱉어보는 의문.

그도 그럴게 지난 가을과 겨울의 경계에서 갑작스레 행방이 묘연해진 에던 운트로 인해, 한동안 암전 정보부에 대대적인 비상이 걸리지 않았던가.

최근에는 전쟁 지역에 집중하다 보니, 에던 운트에 대한 집중도가 상당부분 떨어져버렸지만, 여전히 경계 1순위로써 지정되어 있는 인물이었다.

그와 관련된 지역이나 장소들에는 여전히 최소한의 요원이 남아있었다. 델론 역시 그 같은 역할을 맡은 요원이기도 했다.

때문에 자그마한 사건사고도 일단 그와 관련해서 생각하는 게 그에게는 일상과도 같았다.

한 차례 의문을 연결시킨 뒤, 이를 기준으로 차분히 생각을 정리하고 또 정비해 나갔다. 그렇게 내린 결론은 간단했다.

"일단… 지켜볼까."

막상 보고를 올렸건만, 에던과 아무 관계도 없다면 자리뿐만 아니라 자칫 직위까지도 위험할 수 있었다.

'이 자리까지 어떻게 올라왔는데.'

게다가 당장 암전이 우선시 하고 있는 것들은 전쟁과 관련된 정보들이었다.

에던 운트가 경계 1순위인 건 맞지만, 대륙의 어수선한 분위기로 인해, 우선 처리 대상에서는 2순위로 밀린 상황이었다.

'그래도 혹시 모르니까.'

좀 더 집중해서 관찰할 생각이었다. 만약, 상대가 정말 에던 운트라면?

'대박이니까!'

얇고 긴 삶을 지향하나, 꿈만큼은 '인생 한방' 이었다.

❖ ✣ ❖

[티브릭샨이 탈퇴하고, 칠성좌 체제가 무너졌다!]

참으로 오랜만에 신선하면서도 충격적인 소식을 접하는 것 같았다.

더욱 재밌는 건 이후에 들어온 소식들이었다.

"뿌리가 흔들리고 있다고? 클… 재밌군."

연속되는 놀라운 소식들로 인해, 오랜만에 자극을 받는 느낌이 들었다.

"얼추… 300년 만인가?"

가만히 눈을 감고 되새겨본 결과, 대충 그 정도의 시간이 흘렀음을 확인할 수 있었다.

"그래. 칠성좌의 체제가 굳혀진 게, 그 즈음이었지."

거기에 더해 뿌리의 위기 역시도 짚어보았다.

"그건… 150년 만이려나?"

암전이라는 형태가 굳혀지던 시기였고, 그만큼 몸살을 앓는 일이 잦던 시기이기도 했다.

마지막으로 그가 이 어둔 세상, '왕의 무덤' 에 몸을 들인 시간도 계산해 봤다.

"500년 정도 됐나?"

중간중간 외출을 하기는 했지만, 그저 잠시 밤바람을 쐬고 온 정도였다. 최초 자리를 잡았던 걸 기점으로 한다면 그 정도의 시간이 흐른 것 같았다.

최근 암전에서 발생한 사건사고들을 짚어봤을 때, 그가 확인하고자 하던 것들이 전부 해결되었다는 느낌을 받았다.

팬텀 그리고 망자!

현자의 돌과 관련된 실험이었고, 상당부분 긴장감이 일게 만들었던 계획의 일환이기도 했다.

[드래곤!]

그들로부터 이어질 '추격'이 두려웠던 까닭이었다. 하지만 결과적으로 이야기하자면 별달리 걱정할 필요가 없을 것 같았다.

"이렇게까지 판을 벌여놨는데도 나서지 않는 걸 보면… 확실히 문제될 게 없다는 거겠지."

문득, 그를 지금에 이르게 한 '시작의 날'이 떠올랐다.

처음 '그것'을 발견한 건 그야말로 우연에 가까웠다.

갑작스런 산사태로 인해 재해에 가까운 피해가 보고되며 만남은 준비되었다.

그리 멀지 않은 장소였기에 잠시 바람도 쐬고 머리도 식힐 겸, 직접 확인하고 살피고자 암행을 나가면서 본격적인 사건은 시작되었다.

무너져 바뀌어버린 산자락의 형태를 조사하던 중, 우연찮게 드러난 '그것'의 '일부'와 마주해버렸고, 치열한 전투가 펼쳐져야만 했다.

가까스로 이를 물리치고 온전히 '그것'에 닿았을 때, 스스로가 얼마나 운이 좋았는지 깨달을 수 있었다.

관리되지 않은 듯 보였지만, 분명 '그것'은 전설의 일부와도 같았다.

[레어!]

점차적으로 환상이라고 치부되어가는 드래곤의 쉼터!

그리고 '그것'은 그 존재를 증명하듯, 그 가장 깊숙한 곳에 자리하고 있었다.

[현자의 돌!]

세간에는 드래곤 하트라고도 표현되는 환상의 결정체였다. 모를 수가 없었다.

직접 몸으로 겪었기 때문에 더욱 잘 알 수밖에 없었다. 이 같은 진실을 깨닫고 난 뒤 얼마나 놀랐던가.

경악과 전율의 순간이었다.

처음 발견했던 '일부'가 이곳을 지키는 가디언임을 뒤늦게 알아챌 수 있었다.

덕분에 호위들이 전부 희생되었고, 거기에 더해 심상찮은 부상까지 입었으며, 그 때문에 현자의 돌을 일부 삼키고 진실의 편린을 몸으로써 받아들이고 깨우쳤던 것이기도 했다.

여기서 중요한 건 결과에 이르는 '과정'이었다.

정예중의 정예라 자부하는 호위들이지만, 그래도 암행이니 만큼 그 수가 많지 않았다. 두 자릿수도 안 되는 인원이었다.

전설처럼 여겨지는 드래곤의 레어를 지키는 가디언을 감당해낼 정도는 아니라고 여겼다.

마법학에 대해 적잖은 공부를 한 덕분에, 더더욱 그런 판단을 내린 것이기도 했다. 실제로 마법에 대한 깨우침도 작게나마 지닌 상태였다.

산사태와 엉망인 듯 비쳐지는 내부의 모습!

짐작되는 게 있었다.

[무덤!]

발견해낸 레어는 주인을 잃고, 생명을 잃어, 점차적으로 죽어가는 레어라는 결론이었다. 때문에 산사태가 일어난 것이리라.

레어라는 건 거대한 공동이나 다를 게 없었다. 산 속에 이만한 공간이 마련되었음에도 그간 멀쩡할 수 있었던 건, 레어를 지키는 마력의 흐름 때문이었을 터였다.

주인을 잃은 레어는 차츰 마력의 흐름도 지워져 갔을 것이고, 자연스레 산사태와 함께 그 내부를 드러내게 된 것이리라.

실로 우연한 발견이었고, 이는 기회와도 같았다.

드래곤 레어였다.

현자의 돌이었다.

전설이며 환상이라 할 수 있는 요소가 한 손에 들어온 것이다. 그렇지만 선뜻 이를 드러낼 수는 없었다.

[드래곤!]

앞서 언급하였듯, 이는 전설이고 환상이었고, 그와 동시에 파멸의 상징과 같은 존재와 연결되어 있던 까닭이었다.

고대로부터 그들의 물건을 훔친 이들은 좋지 못한 결말을 맞이했다고 이야기는 전해 왔다. 실제로 이를 집중적으로 관찰하며 편집된 역사서도 존재했다.

이미 살아남기 위해 그 일부를 취해버린 이상, 판을 무르기에는 너무 늦은 상황이었다.

때문에 숨을 죽이고 어둠 속으로 몸을 감췄다.

칠성좌를 비롯한 암전과 그 뿌리들도 결국은 그가 세운 계획의 일환일 뿐이었다.

칠흑 같은 어둠 속에서도 세상을 주시할 수 있는 눈과 귀가 필요했기에, 그들을 세우고 지금껏 유지해온 것이다.

그런 의미에서 암전의 틀이 잡히고 역사를 쌓아올린 지금 이 시기에, 그 뿌리에서부터 말썽이 발생한다는 건, 여러모로 달갑지 않은 상황인 건 확실했다.

특히, 그 초창기에 여러 왕국들을 끌어들이고자 쏟아부은 노력을 생각한다면, 더더욱 맘에 들지 않는 상황이었다.

"겨우 한 놈에게 놀아나다니. 쯧! 하긴, 칠성좌 체재로 너무 오래 해먹었지."

고인 물은 썩기 마련이라는 단어가 떠올랐다. 500년 전 그의 왕국이 그러했고, 당시 칠성좌의 왕국들 역시도 다를 게 없었다.

한 번 물을 갈았고, 긴 세월이 흘렀다.

"슬슬, 움직일 때가 된 건가."

또 다시 갈아야 할 시기가 온 모양이었다.

확인할 건 전부 확인을 마쳤다. 조금 미흡한 감이 있기는 했지만, 크게 문제될 건 아니라고 여겼다.

팬텀들을 만들고 망자를 풀었는데도 반응이 없다는 게

그 증거였다.

"현자의 돌을 사용했는데도 반응이 없다는 건…."

절로 웃음이 나왔다.

"더 이상 드래곤을 두려워 할 필요가 없다는 뜻이겠지. 클…!"

어둠에 물드는 동안, 많은 생각들을 했고, 과거 발견했던 레어에 대해서도 다시금 생각하게 되었다.

비록 주인이 없다고는 하나, 드래곤의 레어였다. 그런 게 그토록 허술하게 관리되고 또 방치되었다?

의심스러운 부분이 있었고, 이를 집중적으로 되뇌며 생각을 거듭했다.

그 결과,

어쩌면 드래곤들이 정말로 전설의 한 자락이 되어버린 걸지도 모른다는 가정에까지 이르렀다.

긴 세월동안 조금씩 '용의 보고'를 열고 그 안의 물건들을 풀어냈다. 하지만 이렇다 할 반응이 없었다.

좀 더 제대로 된 확신을 얻기 위하여 현자의 돌마저 꺼내 들었다.

그리고 지금,

확신을 얻었다!

오랜 기다림이 결실을 얻는 순간이었다.

뿌드드드드득…

몸을 일으키려는 찰나, 전신을 가득 옥죄어오는 기묘한

압박감을 느꼈다.

"클… 일단, 이 몸뚱이 먼저 해결을 봐야겠군."

생각해보니 근 백년여의 시간동안은 바람을 쐬러 나간 적도 없다는 게 떠올랐다. 그렇잖아도 엉망인 육신이 제대로 굳어버린 모양이었다.

세월을 거스르지 못해 썩어가는 육신이었다.

이제 기지개를 펴는 이 때,

죽어버린 이 육신에 활력을 불어넣어야 함을 느꼈다.

쉽지 않은 일이니만큼 적잖은 시간이 들겠지만, 크게 상관은 없다고 여겼다.

새로운 시작의 순간이었다.

그 지루하고도 복잡한 과정도 그저 감미롭고 또 달콤하게만 여겨질 뿐이었다.

❖ ✣ ❖

겨울은 생각보다 빠르게 지나갔다.

가르치고 또 배우는 과정 속에서 시간이라는 녀석이 어느 틈엔가 훌쩍 계절을 건너뛴 것이다.

마지막 몸부림을 치듯, 한 차례 시린 칼바람이 세상을 치나가자, 기다렸다는 것 마냥 은은하니 밀려오는 봄내음에 새싹들이 기지개를 피고, 그렇게 하나 둘 뾰족뾰족 얼굴을 내밀기 시작하면서, 어느새 새로운 계절이 손님맞이를 시작했다.

레일라는 날이 많이 풀렸다는 걸 느끼며, 연무장 쪽으로 시선을 던져 보냈다.

계절 변화에 따라서 검술원도 변화를 비쳤는데, 연공 시간은 난로 옆에서 주로 보내던 아이들이, 이제는 연공 시간에도 연무장을 본격적으로 활용하고 있었다.

하지만 실질적인 변화는 그런 게 아니었다.

아이들의 곁에서 목소리를 높이며 열정적으로 가르침을 전하는 에던의 모습이 보였는데, 지난겨울과 달리 소극적인 자세가 아닌 적극적인 태도로 아이들을 가르치고 있다는 점이었다.

[삼촌?]

겨울 끝자락에 다다를 즈음, 리아가 그의 정체를 밝혀내 버린 것이다.

이전부터 은연중에 의심을 하는 기색이 비쳤었고, 에던을 비롯한 어른들은 이를 잘 알고 있었다.

하지만 굳이 신경을 쓰지 않은 채 내버려뒀었는데, 결국에는 밝힐 예정이었기 때문이었다.

단지, 리아의 남다른 눈썰미로 인해 그 기간이 예정보다 빨라진 것뿐이었다.

유년기에 거리를 뛰어다니며 그 조막만한 손으로 제법 그럴싸한 수완을 내보이던 아이였다. 눈치가 남달랐고 그런 만큼 특별한 수준의 눈썰미를 지니고 있던 것이다.

에던의 변장이 뛰어난 건 사실이지만, 그토록 가까운 거리에서 하루 이틀도 아닌, 무려 한 계절을 함께 보냈으니, 아이에게 그 흔적을 들킬 수밖에 없었다.

물론, 그럼에도 불구하고 아이는 확신을 갖지 못했고, 때문에 의문형으로 찔러보듯 스승을 부르던 독특한 호칭을 꺼내들었던 것이다.

[오랜만이다.]

하지만 에던은 굳이 거기서 발뺌을 하지 않았다. 어차피 밝힐 것, 아이가 더 이상 고민하지 않도록 배려하고자 했고, 시원하니 그 정체를 드러내기에 이른다.

당연하게도 주의를 주는 것 역시 잊지 않았다.

[내 정체는 비밀이다!]

아이들도 나름 들은 게 있는 까닭이었다.

특히, 리아와 달리 루드는 소영주로써, 그의 부친을 통해 일찌감치 스승의 정체를 전해 들었던 만큼, 에던이 비밀로 하고자 하는 이유도 잘 알고 있었다.

하루가 다르게 거물이 되어가는 에던으로 인해, 다시는 스승과 만나지 못할지도 모른다는 생각에, 루드는 리아에게 사신에 대한 이야기를 일부 전해줬었다.

이후로는 스승과 관련된 소문이 들려올 때면 환호했다.

물론, 그렇다고 해서 에던과의 관계를 다른 누군가에게 전하거나 하지는 않았다.

후계자 교육을 받아 남달리 머리가 잘 돌아가는 루드와 달리, 리아는 힘겨웠던 유년기의 경험으로 인해 눈치가 좋았다.

발설해서는 안 될 이야기 정도는 알고 있었다.

그런 이유로 에던이 비밀로 하라는 이유 역시도 모르지 않았다.

당연하게도 이를 전혀 지킬 것 같지 않은 존재도 비밀의 대상이 될 수밖에 없었다.

[프레이 에클라우!]

검술원의 또 다른 강사로써 한때는 가족처럼 생활하던 그녀이지만, 리아는 그녀에게도 진실을 알려주지는 않았다.

오히려 함께 생활해 봤기 때문에 잘 아는 까닭이었다.

'아무래도 프레이 선생님은 위험하니까.'

그녀에게도 비밀로 한 것이다.

하지만 꼬리가 길면 밟힌다고 하던가?

아이들이 절제를 한다고 노력하고는 있지만, 스승이라는 걸 '의심' 하던 때와 '확신' 한 이후의 태도가 완전히 같을 수는 없었다.

특히, 아직 어린 아이들에게는 더욱 쉬운 일이 아니었다.

그래서일까?

"젝크 브라운!"

결국, 그녀에게 들켜버린 모양이었다.

사납게 목소리를 높이는 그녀의 외침에, 에던은 이마를 부여잡으며 길게 한숨을 토해냈다.

"후우우우…."

욕지거리가 폐부 깊은 곳에서부터 솟아올랐지만, 아이들의 시선을 생각하며 꾹꾹 눌러 담았다. 왠지, 체할 것 같은 더부룩함이 느껴졌다.

그나마 다행이라면, 그녀가 '에던 운트' 가 아닌 '젝크 브라운' 으로 그를 부르고 있다는 점이었다.

슬쩍, 헤일러에게 도움을 요청하는 눈빛을 던졌다.

"흘흘흘…."

모르쇠로 일관하며 눈빛을 튕겨내더니, 슬쩍 자리를 잡고 앉는 모습이 참으로 얄미워 보였다.

"젝-크!"

사나운 외침과 함께 그녀가 달려들었고, 나직한 한숨 한 조각과 함께, 빛과 어둠이 교차되었다.

❖ ✣ ❖

[빛과 그림자!]

누군가의 이야기처럼 상극의 관계로 인해, 본능적으로 의식하며 회피하게 만드는 부분이 있을지도 모른다.

하지만 그렇다고 해서 막상 닥쳐온 상황을 두려워하며 피할 정도는 아니었다.

별빛을 품지 못한 자와 그마저도 넘어선 자!

둘 사이의 차이는 상성이니 상극이니 하는 경우를 무시하기에 충분한 절대성을 지니고 있었다.

그래서일까?

"젝-크!"

에던은 성난 외침과 함께 달려오는 프레이를 보며, 한숨을 내쉬면서도 뒤로 물러나거나 피하려는 자세가 아닌, 마주하기 위한 기다림을 선택하고 있었다.

순식간에 거리를 좁혀온 프레이의 모습에 에던은 쓰게 웃었다.

[대화?]

그 같은 상황을 염두에 두지 않은 듯, 저돌적으로 들어오는 그녀의 모습에서 이성적인 판단력을 엿보기가 어려움에, 결국 육체적인 부딪침을 준비해야 한다는 걸 예감한 것이다.

파아아앙!

한줌 여유도 없이 정면을 치고 들어오는 그녀의 정권에 슬쩍 몸을 비틀며 피해냈다.

그러자 공기가 찢겨나가고 대기가 폭발하며 저릿한 충격파가 귓전을 치고 들어왔다. 만약 피하지 않았더라면 시작부터 얼굴이 짓뭉개졌을 정도의 위력이었다.

전력으로 치고 들어오는 그녀의 모습에, 에던은 입맛을 다신 뒤 가볍게 손을 쳐올렸다.

말 그대로 정말 가벼운 일격이었고, 스치듯이 가볍게 지나가는 궤적이었다.

하지만 그 끝에 아슬아슬하니 프레이의 턱이 걸렸고, 일순 머리가 흔들린 듯, 그녀의 신형이 비틀거리며 뒤로 물러나는 게 보였다.

그 모습에 에던은 짧게 감탄사를 터트렸다.

'역시… 대단하네.'

정말로 별 것 아닌 듯 보이는 일격이지만, 대개는 이 한 번의 공격에 뇌가 흔들리며 그대로 주저앉는 게 보통이었다.

그러나 프레이는 그 '보통'과는 다른 존재라는 걸 증명하듯, 휘청거리면서도 허리를 세우고 있었고 그러면서도 반격을 위한 자세를 잡고 있었다.

멋모르고 들어갔다가는 오히려 역공에 잡힐지도 몰랐다.

겨울을 보내며, 알게 모르게 헤일러의 가르침을 훔쳐보면서 그녀의 수행도 지켜볼 수 있었고, 그 덕분에 그녀의 육신이 얼마나 완성도가 높은지도 알게 되었다.

[별의 영역!]

그녀가 지닌 육체의 위력은 이미 별빛으로 찬란히 빛나고 있었다. 오히려 일반적인 초월자들보다 더 낫다는 생각마저 들 정도였다.

특히, 그 절대적인 성력으로 발휘되는 놀라운 치유력과 그로 인해서 발생하는 회복력이 인상적이었다.

크라이드만과의 격전과 그로 인한 생존의 본능 속에서,

강제적으로 완성된 그의 육신과도 일견 비슷한 점이 있던 까닭에, 이 부분은 더욱 관심이 갈 수밖에 없었다.

그리고 이 시점에서 그녀의 정체에 대한 의문과 의심 그리고 하나의 가설 역시도 세울 수 있었다.

'성녀….'

일정부분 닮았다는 점과 그녀의 남다른 성력을 떠올리면서, 거기까지 생각이 닿은 것이다.

확실하게 하기 위해 헤일러에게 물었을 때, 그는 그저 웃어 보일 뿐이었다. 하지만 그 미소에서 그녀의 정체에 대한 답을 들었다는 느낌을 받을 수 있었다.

불확실한 가설에 확신이 더해지는 순간이기도 했다.

그리고 이 부분에서 그녀의 이상할 정도의 집착과 적대감을 일부나마 이해할 수 있었다.

'역시… 상성문제인가.'

물론,

"죽어-!"

그렇다고 저 같은 행동들을 전부 납득하는 건 아니었다.

살짝 거친 교육이 필요하다는 생각이 들었다.

❖ ✣ ❖

[젝크 브라운!]

그 이름은 실로 특별했다.

[첫 패배!]

타고나기를 빛의 축복 속에서 강건하게 성장하고, 이를 깨우쳐 스스로에게 확신을 얻었던 그녀에게, 남다른 아픔을 전해줬던 존재였던 까닭이었다.

뿐만 아니었다.

[첫 경험!]

물론, 그게 '성' 적인 의미를 뜻하는 건 아니었다.

[죽음!]

역시나 타고나기를 빛의 축복과 함께하는 덕분인지, 그녀에게 있어서 생사의 경계는 먼 이야기와도 같았다.

그런 그녀에게 그는 깊은 어둠 속, 심연의 세상까지 닿는 경험을 선사해줬다. 산자의 세상에서 멀어졌던 기억은 지금도 불쑥불쑥 올라와 등줄기를 서늘하게 만들고는 했다.

처음으로 삶에 대한 고찰을 하게 만든 존재였다.

두려움이라는 감정을 절실히 깨달았고, 공포를 인지했으며, 스스로에 대한 의문과 의심을 새겨버린 것이다.

물론, 그 때문에 용기를 깨우쳤으며 도전의식을 불태울 수 있었고, 스스로에 대한 끝없는 향상심 역시 각인할 있었다.

게다가 이상할 정도로 그를 떠올리면 머리가 끓어오르며 가슴이 답답해졌기 때문에, 더더욱 그를 떠올리지 않을 수가 없었다.

그런 와중에 새로이 그녀의 관심을 집중시키는 사내가

나타났다.

놀랍게도 사내의 등장 이후로는 '그'에 대한 생각들이 상당부분 뒤로 밀려나는 걸 느꼈다.

하루가 다르게 사내를 의식하고 있던 찰나,

아이들의 대화 내용을 들어버렸다. 좀 더 정확히는 리아가 내뱉은 한 단어가 문제였다.

[삼촌!]

잠시간의 고찰 끝에 하나의 결론에 이르렀다.

'리아가 이곳에서 그렇게 부르는 존재라면….'

천둥성이 치는 것 같은 충격과 함께 깨달았다.

[사신, 운트!]

눈이 번쩍 뜨였다.

점차적으로 그를 의식하며 뇌리에 깊이 새겨지던 까닭일까? 아직까지는 그의 존재에 대한 명확한 의미를 세울 수는 없었지만, 분명한 건 사내의 정체가 밝혀지면서, 전에 없는 배신감을 느꼈고, 동시에 분노가 일었으며, 결국 폭발해버리고야 말았다는 점이었다.

헤일러를 통해 그간 쌓아올린 얕지 않은 찰나의 순간에 짓뭉개지고, 오만가지 복잡한 감정의 소용돌이 속에서 그를 향해 내질렀다.

"젝크 브라운!"

이 순간만큼은 헤일러와 아이들 그리고 손님까지도 눈에 들어오지 않았다.

그녀의 눈에 보이는 건 오로지 한 명,
[에던 운트!]
그 사내뿐이었다.

❖ ✣ ❖

세월의 변화를 느끼게 한다고 해야 할까?
처음 마주했을 당시, 그녀의 공격은 실로 단순했고 또 무지했으며, 그로 인해 상대하기도 편했다.
전쟁터에서 이어진 두 번째 만남에서는 과거와 달리 제대로 된 공부를 쌓아올린 듯, 제법 무게감이 있었고 그런 만큼 상당한 어려움을 느낄 수밖에 없었다.
그리고 적잖은 시간이 흐른 지금,
이전과는 또 다른 깊이로 펼쳐지는 그녀의 공부가 눈에 들어왔다. 만날 때마다 발전된 모습을 보여주고 있는 것이다.
'과연….'
하지만 그를 더욱 놀랍게 하는 건 따로 있었다.
그녀 개인의 변화에 대해서도 탄성이 나왔지만, 그보다는 헤일러에 대한 감탄이 먼저 이어질 수밖에 없었다.
육체적으로는 완성되었다고는 하나, 아직 별빛을 품은 건 아니었다. 그럼에도 불구하고 마주해 달려드는 손짓과 발짓 속에는 별의 반짝임이 묻어나오고 있었다.

초월자라 할지라도 그녀와 상대하는 건 쉽지 않을 거라 여겨졌다.

'뭐… 나하고는 상관없는 이야기지만.'

이미 별빛 너머에까지 오른 에던에게는 잠시 잠깐의 탄성으로 끝이었다.

그래서인지 아무래도 그녀보다는 헤일러의 가르침과 아이들의 성장 쪽으로 생각이 뻗어갈 뿐이었다. 특히, 리아가 저처럼 훌륭한 스승에게서 기초를 쌓는다는 점이 매우 다행스럽게 여겨졌다.

이런저런 생각을 하는 와중에 어느새 육신의 제어권을 되찾은 듯, 프레이가 재차 거리를 좁혀오는 게 보였다.

앞서의 경험에도 불구하고 저돌적으로 달려들고 있었다.

파파파팡!

치고 들어오는 권격들을 스치듯 피해내며 그녀의 품 가까이 들어간 에던이 또 다시 그녀의 턱을 가볍게 건드렸다.

그 충격에 재차 비틀거리며 물러나는가 싶었지만, 앞서와 마찬가지로 이를 악물며 자세를 잡고 반격을 꾀하는 모습을 보여줬다.

프레이는 연달아 두 번이나 같은 부위에 타격을 입고, 똑같은 상황에 처하고 나자, 분노로 달궈졌던 가슴이 차갑게 식으며, 혼탁하게 어지럽던 정신이 일순 맑게 개는 걸 느꼈다.

덕분에 감정적인 요소를 배제한 채, 눈앞의 사내를 제대로 바라볼 수 있었다.

'강해….'

그것도 놀라울 정도로 강했다.

'…어떻게?'

과거에도 이 정도로 차이가 나지는 않았다.

물론, 들려오는 소문의 절반만 된다고 해도 살아 숨 쉬는 전설이라 불리기에 충분하며, 그 실력이 초월자들 중에서도 손에 꼽힐 거라 짐작할 수도 있었다.

하지만 그럼에도 불구하고 어느 정도는 자신이 있었다.

[헤일러!]

그의 가르침이 그녀에게 '성장' 하고 있다는 확신을 준 까닭이었다.

서로간의 위치를 인지하고 있는 까닭에, 패배는 피할 수 없다는 걸 알고 있었지만, 그 결과에 이르기까지의 과정이 설마 이처럼 압도적일 거라 생각하지는 못했다.

'설마… 이렇게까지 차이가 날 줄이야.'

단 두 번의 공격이었고, 스치듯 지나간 손짓이었다.

하지만 그 두 번의 얕은 타격에서 그와의 거리감을 생생하게 느낄 수 있었다.

그건 마치 아이와 어른 사이의 격차를 느끼게 할 만큼, 서로가 머무는 눈높이의 위치부터가 전혀 달랐다.

과거에도 수차례 패했지만, 지금의 패배와는 그 느낌이 달랐다. 마치, 더는 상대가 안 된다는 듯, 아래로 내려다보는 그런 느낌마저 들었다.

인정하기 싫었다.

'인정할 수 없어!'

지금 이 상황을 납득하고 싶지 않았다. 받아들이기가 힘들었다.

이성적 사고와 판단력이 다시금 침잠해 들어가고, 머리가 더욱 복잡하고 어지럽게 뒤죽박죽으로 뒤섞여갔다.

식어버린 줄 알았던 가슴 속 열기는 마치 폭풍 전 고요였다는 것처럼, 더욱 뜨겁고 사납게, 마치 폭발하는 화산처럼 그 울분을 분출해냈다.

"으아아아아아-!"

비명 혹은 절규라 부를만한 무언가를 연신 내지르며, 두서없는 공격이 시작되었다.

헤일러의 가르침을 제대로 체화해내도 상대가 되지 않을 터인데, 이처럼 막무가내로 의미 없는 공세를 퍼붓는데 답이 나올 리가 없었다.

일단, 에던은 가볍게 응수해 줄 생각으로 그녀의 공격들을 받아넘겼다.

초반부터 강하게 몰아치며 프레이의 의욕을 꺾어놓을 수도 있었지만, 안타깝게도 그러기에는 주변 상황이 이를 허락하지 않았다.

[리아와 루드!]

아이들이 보고 있었다. 최대한 가볍고 또 부드럽게 프레이의 공세를 받아넘겨야 했다.

'어지간하면 애들은 좀 데리고 들어가지. 젠장!'

틈틈이 헤일러와 레일라에게 눈짓으로 신호를 보냈으나, 그들은 철저히 모르쇠로 일관하면서, 그저 방관자의 자세로 구경만 할 뿐이었다.

이 같은 에던의 소극적인 반격 때문일까?

"으아아아아-!"

프레이가 더욱 사납게 광분하며 그를 향해 손발을 뻗어왔다.

그렇게 얼마만큼의 시간이 흘렀을까?

둘 사이의 분위기가 조금씩 달궈지는가 싶더니, 점차적으로 격전의 양상이 변화를 일으키기 시작했다.

초반의 가볍던 손짓과 달리, 에던의 공세 역시도 조금씩 거칠어지고 있던 것이다.

지켜보고 있는 아이들을 생각해서 최대한 격렬한 전투를 피하려고 했건만, 어느 틈엔가 손발에 힘이 실리기 시작하고 있었다.

'이거….'

표정도 조금씩 여유를 잃어가는 중이었다.

'…조금 위험한데!'

뿐만 아니라, 얼굴 한편으로 당혹스러운 흔들림마저 비쳤다.

'호오!'

지켜보던 헤일러의 눈가에 이채가 스쳐갔다. 에던이

당황하는 이유를 아는 까닭이었다.

'흘… 드디어 껍질을 깨는 건가.'

짧지 않은 시간, 격돌이 이어지는 와중에 점차적으로 프레이의 움직임에 새로운 의미와 숨결이 깃드는 게 느껴졌다. 정신을 놓다시피 움직이는 그녀의 두서없는 동작 속에서 기이한 흐름과 법칙들이 묻어나오기 시작한 것이다.

[각성!]

그 숭고하고도 거룩한 깨달음의 순간이 눈앞에 펼쳐지고 있음을 직감했다.

[초월자!]

빛과 어둠이 만나, 전에 없던 극한의 자극이 이뤄지고, 이를 통해서 새로운 별이 지상으로 내려오고 있었다.

5. 왕의 외침!

5. 왕의 외침!

지난여름을 기점으로 대륙의 분위기는 매 순간순간 긴장의 연속이었다.

분명, 오래지 않아 사단이 나도 제대로 날 거란 예감이 대다수 사람들의 머릿속을 지배한지 오래였다.

그리고 이 같은 추측이 틀리지 않다는 걸 보여주듯, 새해가 밝고 겨울이 끝을 고하던 무렵, 봄기운을 빌어 기지개를 키듯, 대륙 곳곳에서 본격적으로 칼을 뽑고 사나운 포효를 터트리기 시작했다.

진격의 나팔이 대륙 전역에서 울려 퍼졌다.

[전쟁!]

수시로 발생하는 영지간의 다툼이 아니었다. 왕국과 왕국

사이의 영역을 놓고 벌이는 피비린내 나는 거대한 판이 벌어진 것이다.

"결국 놓쳐버렸군."

비요산은 인상을 와락 구기며 침대에 몸을 눕혔다. 피로가 과해 잠시 누운 것이었는데, 이 같은 정신적 피폐함의 결정적인 이유는 현 대륙 상황의 본질적인 부분에 있었다.

[뿌리의 갈등!]

물론, 그를 비롯한 나머지 칠성좌들의 노력으로 인해, 상당부분 진정을 시킬 수는 있었다.

하지만 원상복구가 된 건 아니었다.

적지 않은 뿌리의 일원들이 암전으로부터 발을 빼버렸고, 그로 인해서 대륙 상황이 점차적으로 그들의 통제에서 벗어나기 시작했으며, 이에 대한 통제권을 되찾기 위해 바쁘게 움직인 것이다.

때문에 과할 정도의 피로가 쌓여버렸고, 결국 집무실 한편에 그를 위해 마련된 간이침대에 몸을 눕히기에 이르렀다.

다음 업무를 생각해서라도 잠시간 눈을 붙여야 할 필요성을 느낀 것이다.

암전의 칠성좌와 벨시스트라의 국왕!

절대적인 두 가지의 역할을 전부 수행해야 하는 만큼, 지금처럼 어지러운 시국에는 제대로 쉴 시간도 없었다.

그나마 다행이랄까?

한 가지 문제는 해결되었다는 점이었다.

[암전의 뿌리!]

비록 그 결과가 좋지는 않았으나 어쨌든 정리는 된 상황이었다.

대륙적으로 발생하고 있는 전쟁에 대해서는 암전이자 칠성좌의 일원이 아닌, 한 나라의 국왕으로써 대처하면 될 일이였다.

“전쟁이란 말이지.”

생각해 보면 그들 칠성좌가 계획하고 시작되었던 불길이었다. 비록 그들의 통제에서 벗어나 들불처럼 크게 번져버렸지만, 중요한 건 칠성좌 역시 이런 거대한 판을 준비하고 있었다는 점이었다.

당혹스런 부분이 있기는 하지만, 분명 판 자체는 커진 게 확실했기에, 차라리 이를 기회로 이용할 생각이었다.

주도하는 모양새가 아닌 만큼 어려움이 많겠지만, 뿌리의 정비를 마친 만큼, 적어도 당장에 말썽이 생길 일은 없을 거라고 여겼다.

“상황이 조금 우습기는 하지만… 어쩔 수 없지.”

이 다음부터는 벨시스트라의 왕의로써 칼을 뽑아야 할 것이다.

그런 의미에서 지금 당장은 한줌 휴식으로 피로를 털어내는 게 중요했다. 생각의 바다를 유영하던 그의 의식은 점차적으로 수마의 심연 속으로 침작해 들어갔다.

❖ ✣ ❖

암전의 역사는 길고, 그 중심이라 할 수 있는 뿌리가 쌓아온 시간은 그만큼이나 깊었다.

당연하게도 칠성좌가 지니고 있는 발언권이나 영향력 역시도 특별할 수밖에 없는 게 뿌리의 현실이었다.

그게 마음에 들지 않았다.

'건방진 놈들!'

에넥시드 왕국의 국왕 '트라제 데-에넥시드'는 칠성좌에 대해 떠올리며 서늘한 안광을 내비쳤다.

그러다가도 슬쩍슬쩍 입 꼬리가 올라가는 건, 이번 사태를 통해 저들이 얼마나 당황하고 있을지를 아는 까닭이었다.

중앙 대륙에서도 손꼽히는 강국이라 자부하는 그들 에넥시드가 아니던가.

헌데도 한 수 접고 들어가야 하는 상황이라는 게 마음에 들지 않았다. 하지만 그럼에도 불구하고 제멋대로 행동하기가 어려운 것도 사실이었다.

앞서 언급되었듯, 저들이 그간 쌓아올린 깊고 긴 역사는 결코 무시할 수 없는 힘과 권력을 내포하고 있는 까닭이었다.

에넥시드 왕국의 전대 국왕이자 그의 부친인 '벨파토' 역시도 이를 알기 때문에 뿌리의 일원이 된 것이기도 했다. 저들이 먼저 손을 내밀었고 그에 합당한 능력을 보여줬던 까닭에, 잡지 않을 수가 없었다.

실제 뿌리의 일원으로 지내며 얻은 이득도 적지 않았다. 에넥시드가 지금의 강국이 될 수 있던 것 역시 저들의 도움이 컸음은 인정하는 부분이었다.

하지만 그럼에도 불구하고 그들 에넥시드는 뿌리의 '일원' 일 뿐이었다.

중심이라 할 수 있는 일곱 별좌에 닿을 수는 없었다.

언제고 여덟 번째 별의 주인이 될 거라 믿고 여겼고, 그렇게 적지 않은 시간을 기다려왔다.

그렇게 한 세대가 바뀌고 다시금 새로운 세대교체의 시기가 다가오고 있었다. 하지만 여전히 별의 권좌는 새로운 별의 주인을 허락하지 않았고, 지닌바 위치와 머무는 자리에 대한 불만 역시 극도로 쌓일 수밖에 없었다.

이는 그 뿐만 아니라 몇몇 일원들 역시 비슷하게 느끼고 있는 부분이기도 했다.

'고인 물은 썩는다는 이치도 모르는 멍청한 것들!'

하지만 오랜 세월 굳혀진 칠성좌의 체재로 인해, 선뜻 이 같은 감정들을 밖으로 표출하기는 어려웠고, 그저 꾸욱 참으며 다음 세대를 준비하거나, 혹시나 모를 기회만 노리고 있을 뿐이었다.

그런 와중에 설마 싶었던 사건이 발생했다.

티브릭샨의 탈퇴와 함께 칠성좌의 절대적 체재에 균열이 일어난 것이다.

놓칠 수 없는 기회였기에, 비슷한 생각을 하고 있던 이들을 선동하고 또 함께 목소리를 높이며, 기어이 사건을 사고로 만들어버렸다.

"뭐, 생각만큼 완벽한 마무리는 아니지만… 그래도 이 정도면 충분히 만족스러운 결과일려나."

적잖은 시간을 뿌리의 일원으로 살아왔고, 상당한 발언권을 얻게 되었지만, 그 역시도 얼마나 많은 일원들이 존재하는지는 몰랐다.

하지만 짐작 정도는 할 수 있었고, 이번 사건을 통해 적어도 팔 하나 정도는 잘라낼 정도의 타격을 입혔다는 건 확신했다.

"이번 기회에 아주 제대로 짓밟아 주지!"

뿌리의 일원들에 대한 정확한 규모를 아는 건 아니지만, 칠성좌에 대해서는 정확히 파악하고 있었다.

그런 만큼 이 상황을 최대한 이용하며 그들의 권좌를 박살내버릴 생각이었다.

뿌리의 해체!

혹은 새로운 뿌리의 탄생!

에넥시드 뿐만 아니라 현 대륙의 불길을 크게 일으키는 대다수의 왕국들이 지닌 실질적인 목적이라 할 수 있었다.

불가능하다고 여기지는 않았다.

"그만큼 암전에는 적이 많으니… 충분히 가능한 일이지."

이미 암전의 대립관계에 있는 세력이나 단체들에게 현 상황에 대한 정보 일부를 흘린 상태였다.

당장은 정보에 대한 진실성을 파악하고자 움직임을 자제하고 있겠지만, 오래지 않아 의문이 해결되었을 때, 그들 역시도 판에 끼어들 수밖에 없을 터였다.

배역 한 자리를 그들에게 허락하는 건 어렵지 않았다.

"물론… 무대의 주역은 우리겠지만."

에넥시드를 비롯한 뿌리의 배신자들은 이 같은 공통된 생각을 머릿속으로 굴리며, 쉴 새 없이 전쟁의 불길을 키우고 있었다.

❖ ✣ ❖

봄이 열리고 날씨가 본격적인 변화를 알리고 시야가 형형색색의 화려한 색체로 물들어가는 걸 보며, 슬슬 떠날 시기가 다가오고 있음을 알았다.

애초에 지난겨울을 보내는 것까지가 이번 휴식의 계획이었건만, 봄이 깊어가는 지금까지 머물고 있다는 건 조금쯤 계획과 어긋나는 부분이었다.

그 이유를 들라고 한다면 별 것 아니었다.

[가족!]

오랜만에 느끼는 그 먹먹한 단어와 감각들이 발목을 붙잡고 놓아주질 않는 까닭이었다.

[제니스!]

아무래도 비밀로 하라는 약속을 지키지 못한 듯, 리아가 그녀에게 '삼촌' 의 존재를 이야기한 모양이었다.

그 때문인지 봄의 시작을 알리던 무렵, 제니스가 그를 찾아와 감사인사를 올렸고, 헤일러를 대하듯 그를 대하는 모습에서, 점차적으로 거리감이 좁혀지는 걸 느끼며, 잠시간 어린 시절에 잠겨들어 버린 것이다.

조금 더 이렇게 머물고 싶다는 게 자꾸만 계획을 어그러트리고 있었다.

알면서도 무시하고 있었지만, 슬슬 버티기가 어려움을 느끼는 중이었다. 들려오는 소문들이 상황의 변화를 전해주는 까닭이었다.

"전쟁이라…."

레드문이 수집하고 분석한 바에 따르면, 그 중심에 암전의 뿌리가 있다는 것이다. 흥미로운 건, 저들 암전의 뿌리가 일부 갈라서며 전쟁의 불길을 키우고 있다는 점이었는데, 이 정보의 출처가 또 놀라웠다.

[암전의 뿌리!]

그간 쌓아온 정보들을 통해 짐작하던 뿌리의 일원들에게서 건너온 정보라는 것이다.

아직까지는 그 정보의 진실성에 대한 조사가 이뤄지고 있는 상황이었지만, 그게 아니더라도 현 대륙의 변화가 신경이 쓰이는 건 분명했다.

움직여야 할 때였다.

하지만 그럼에도 불구하고 머무는 건, 역시 여동생과의 만족스런 거리감과 수시로 나누는 대화의 시간 때문이었다.

"후우…."

알면서도 선뜻 발을 떼지 못하는 스스로에게 한숨을 내쉬던 중, 묘한 시선이 느껴져 고개를 돌려버렸다.

'또냐?'

이제는 익숙해졌다고 해야 할까?

저 한편에서 그를 훔쳐보고 있는 프레이의 모습이 보였다.

지난번 사건 이후로 시작된 그녀의 일과와도 같았는데, 어찌 된 것인지 일정거리 이상을 다가오지 않은 채, 저처럼 지켜보기만 하는 것이다.

과거처럼 무작정 달려드는 모양새가 아닌 까닭에 다행이다 싶으면서도, 저처럼 수시로 시선을 보내오며 괜스레 신경이 쓰이게 하는 모습에, 과거와 달리 이제는 정신적으로 피로가 쌓이는 느낌마저 들고 있었다.

'차라리 시원하게 달려드는 게 편할지도.'

거기까지 생각하던 에던이 이내 고개를 흔들며 자신의 생각을 부정했다.

과거와 달리 가볍게 상대하기 어려워진 프레이의 수준 때문이었다.

[별의 영역!]

지난번 사건에서 결국 그녀는 초월자라 불리는 경계의 너머로 발을 들이고야 말았다.

그 때문일까?

실로 놀라울 정도로 발전을 이룬 상태였는데, 이미 완성되어 있던 육신에 정신마저 따라잡으니, 한순간에 계단을 올라서듯 훌쩍 성장해버린 것이다.

물론, 벽을 넘는 대부분의 초월자들이 그 같은 성장을 이루지만, 프레이의 경우는 그 폭이 생각 이상으로 컸다.

짐작하건데 초월자들 중에서도 상당히 뛰어난 편에 속한다는 게 에덴의 판단이었다.

만약 그녀가 다시금 달려들게 된다면, 지나번 처럼 가벼운 손짓만으로 감당하기는 어려울 것이고, 여차하면 이곳 검술원이 박살나고 그의 존재가 외부에 알려지게 될지도 모를 일이었다.

리아와 제니스 그리고 토드를 위해서라도 피해야 할 일이었다.

'그래. 이 시간도 이제 얼마 안 남았으니.'

떠나기로 마음을 먹은 이상, 이 정도 불편함은 감수해 주기로 했다.

마음의 결정을 내린 이상 다음 행보에 대해서도 생각을 할 수밖에 없었는데, 이 부분은 그리 오래 생각할 필요도 없었다.

현 대륙의 상황들을 생각해 봤을 때, 전체적인 구도에 가장 큰 타격을 줄 수 있는 방법이 하나 떠오른 까닭이었다.

[용병!]

대부분의 전쟁에서 적지 않은 비중을 차지하는 이들이 바로 그들이었다.

물론, 징집령이 떨어지고 백성들로 병력이 구성되기 시작하면, 용병들의 목소리가 옅어지는 경향이 없잖아 있었지만, 대부분의 전쟁 초기에는 용병들의 역할이 매우 큰 것 역시도 사실이었다.

이런 그들을 향해 목소리를 높일 생각이었다.

[용병왕!]

어찌되었건 그는 저들의 왕으로 불리는 존재였고, 그런 만큼 현 대륙의 상황에 충분한 영향력을 발휘할 수 있을 터였다.

제대로 판을 어그러트려 줄 생각이었다.

방법은 간단했다.

[침묵!]

에던은 용병들에게 이번 전쟁에 끼어들지 말라고 '명령'을 할 생각이었다.

그저 목소리를 조금 높이고, 자그마한 행동을 보여주는 것뿐이겠으나, 충분히 그의 의지는 전달될 것이고, 용병들은 선택의 기로에 놓이게 될 터였다.

용병에게 의뢰를 받지 말라고 하는 건 월권행위처럼 보일지도 모르겠으나, 용병들 역시도 왕의 탄생으로 인해 나름대로 목에 힘 좀 주는 이들이 있을 것이기에, 합당한 외침이라고 여겼다.

게다가 그의 명령에 반발하는 이들도 많지 않을 거라는 확신 역시도 있었다.

이 바닥 생활을 오래토록 지속해오며 느낀 것이 있다면, 적당한 위협은 즐길 수 있으나, 진실한 위험은 피하고 싶은 게 그들 용병들이 바라는 전장의 공기였다.

그런 의미에서 영지전 규모의 전쟁터는 그들에게 가장 합당한 위험지대일 것이다.

물론, 영지전 규모에 따라 위험수위가 달라지는 탓에, 고위 귀족들 간의 영지전 정도만 되도 피하는 이들이 적잖게 나오는 게 그들의 현실이었다.

'실력깨나 있는 놈들이라면 모르겠지만.'

혹은 정말로 더 이상 물러설 곳이 없는 밑바닥이나 발을 들이고는 하는데, 대개 이런 이들의 경우 암전에게 약점 하나씩은 잡힌 이들이 대부분이었다.

'나도 그랬으니….'

어쨌든 여기서 중요한 건, 용병들 역시도 왕국 규모의 전쟁은 피하고 싶어 할 것이라는 점이었다.

그럼에도 불구하고 발을 들이는 이들이 있다면, 이는 앞서 언급한 것처럼 최악을 피하고자 차악에 발을 들이는 이들이거나, 그게 아니라면 길드 자체적으로 움직이며 그들에게 강제성을 부여해 전장으로 밀어 넣는 경우가 있었다.

에던 역시도 몇 차례 당해본 작업으로써, 이 같은 경우에는 그 길드와 연계하고 있는 영주나 귀족들로 인해서 발생하는 징병 아닌 징병이었다.

길드의 실력 있는 용병들의 경우에는 일선에 투입되는 경우가 드문 까닭에, 그들 역시도 은연중에 길드의 이 같은 행동들을 묵인하는 경향이 있었다.

그 규모가 커지면 커질수록 의뢰금의 무게도 늘어나는 만큼, 도리어 등을 떠미는 이들마저도 존재할 정도였다.

'거지같은 놈들!'

당연하게도 좋지 않은 기억이기도 했다. 에던은 이번 외침을 통해 그들에게도 경고를 보낼 생각이었다.

그리고 이 같은 부분들을 생각해 봤을 때, 에던의 '명령'은 오히려 많은 용병들의 지지와 환호를 받을 확률이 더 높았다.

레드문의 정보력을 활용한다면, 전 대륙적으로 그의 외침을 전할 수 있을 것이고, 전쟁의 불길 위로 찬물 한 바가지 제대로 끼얹는 게 가능할 터였다.

'뭐… 그렇다고 해서 멈추지는 않겠지만.'

이미 불길은 잡을 수 없는 수준이었다.

"아무래도 피해를 최소화 하는 방법밖에 없겠지."

거기까지 생각하던 에던이 나직한 헛웃음과 함께 고개를 절레절레 저었다.

"지금 내가 뭘 하는 건지… 쯧!"

나 혼자 산다는 마음으로 살아오던 그가 전쟁의 불길을 통제하기 위해 악을 쓰고 있다는 점이 우스웠다.

생각해보면 '왕' 이라는 자리를 원했던 적은 없었다. 그저 적당히 무리 없이 살다가 적당한 시점에 은퇴한 뒤, 적당히 남은 생을 살아가는 게 그의 계획이었다.

하지만 어느 순간 어쩌다 보니 길이 어긋나버렸고, 계획에 차질이 빚어지는가 싶더니, 정신을 차렸더니 이미 여기까지 와 버린 상태였다.

그런 소리가 있었다.

[자리가 사람을 만든다!]

그렇다면 에던은 지금 '왕' 의 자리에 어울리기 위해 변화하는 것일까?

굳이 대답하라면 '아니다' 라고 할 수 있었다.

단순히 암전이 마음에 들지 않았기에 그들과 대립각을 세웠고, 거기에 더해 이번 전쟁의 불길이 너무 광범위하다는 점이 불편하여 끼어들기로 결정한 것이었다.

사실, 저들 암전과의 대립의 최초 시발점은 이곳에서 발생한 다툼에 있었다.

암전의 일원에게 여동생이 고초를 겪었던 그 사건을 알게 되고, 그렇잖아도 암전에 쌓여있던 불만이 폭발했던 게,

지금 이 상황의 최초 출발지였다.

거기에 더해 이번 전쟁의 불길에 그의 '가족'들 역시도 위험할 수 있다는 걸 염두에 둬야 했다.

생각지도 못하게 얻었으나 아직 제대로 활용하지 않았던 '왕'이라는 칭호를 본격적으로 사용하는 결정적 이유였다.

"어디까지나 이번 전쟁까지만…."

암전과의 대립에도 왕의 명성을 내세우기는 했지만, 그건 어디까지나 개인적인 부분이었다.

용병들 전체에게 '명령'을 내리고 그들의 행동을 실질적으로 통제하려는 지금의 움직임과는 다른 것이다.

자칫 이번 행동으로 인해 암전뿐만 아니라, 그들과 연관되지 않은 왕국들도 자극할 수 있었지만, 애초부터 왕의 출현을 원치 않던 각국의 정상들의 태도를 생각해 본다면, 크게 신경 쓸 이유는 없을 듯싶었다.

"끄응… 그나저나 언제까지 저러고 있을 생각이야?"

여전히 훔쳐보고 있는 프레이의 모습에 에던이 눈살을 찌푸렸다.

한 소리 할까도 싶었지만 그것도 쉬운 일이 아니었다. 웃기는 게 조금이라도 거리를 좁히며 다가가려 하면, 대뜸 뒷걸음질을 치며 그에게서 멀어지는 까닭이었다.

당혹스럽다고 해야 할까?

눈에 불을 키면서 달려들던 그녀의 이전 모습들과 너무도 비교되는 행동과 태도로 인해, 더더욱 저 같은 반응들이

어색하기만 했다.

한 번은 참다 못 해서 억지로 거리를 좁힌 적도 있었다. 그리고 연무장의 한쪽 바닥이 통째로 무너져 내리는 생각지도 못한 결과로 이어져버렸다.

그의 갑작스런 접근에 당황하는가 싶던 프레이가 대뜸 땅바닥을 내리치더니, 어지러이 솟구치는 흙먼지에 몸을 숨기며 저만치 달아나버린 것이다.

별빛을 품고 난 뒤, 한층 더 강화된 파괴력으로 인해 그야말로 연무장 한 가운데에 호수가 생긴 것 같았다.

당장 물만 부어도 그럴싸한 분위기가 날 정도였다. 황당한 건 이걸 메우는 작업을 에딘이 했다는 점이었다.

[언제까지 이렇게 둘 거야? 보기 흉하니까 당장 메워.]

헤일러의 이 같은 말도 안 되는 주장에 밀려 작업에 돌입해야만 했다. 그날 하루 내내 프레이가 돌아오지 않은 까닭이었다.

[이젠 내 것도 아닌데, 집 주인이 하시죠?]

그처럼 반박했다가 돌아온 대답이 더욱 가관이었다.

[사내 녀석이 쪼잔하게 그 정도도 못 하냐?]

당연하게도 그 정도에 물러날 생각이 없었고, 더욱 강하게 반발하며 단호히 고개를 저었다. 하지만 헤일러가 한 수 위였다고나 할까?

[아이고 허리야. 무릎이야 관절이야.]

쉴 새 없이 앓는 소리를 연발하며 그대로 땅바닥에 주저

앉아 버리는데, 에던으로써도 더는 밀어붙이기 어려운 그런 광경이 절로 그려지고 있었다.

결국 그가 할 수밖에 없었고, 이 당시의 경험 때문에 선뜻 프레이와의 거리를 좁히기가 어려운 것이기도 했다.

'또 뭐를 박살낼지 모르니까….'

지난번엔 연무장의 바닥이었지만, 다음에는 저 한편의 담장이나 건물의 한복판이 될 수도 있었다.

기본적으로 이곳 검술원은 건물 형태를 하고 있는 까닭에, 후자 측의 위협이 더 컸고, 자칫 한순간에 아이들의 터전이 사라져버리는 상황이 발생할지도 몰랐다.

문득, 에던과 시선이 닿은 프레이가 대뜸 얼굴을 시뻘겋게 붉히는가 싶더니, 그대로 도망치듯 자리를 피하는 게 보였다.

'아니. 대체… 왜 저러는 거야?'

이해할 수 없는 그녀의 행동에 절로 한숨만 나올 뿐이었다. 한 가지 말도 안 되는 가설이 존재하기는 했지만, 이는 정말로 희박하며 진정으로 말도 안 되는 이야기인 까닭에, 고개를 흔들며 머리 한 구석으로 밀어버릴 뿐이었다.

하지만 왠지 모르게 붉게 달아올랐던 그녀의 얼굴빛을 떠올리자면, 아주 가능성이 없는 건 아닐 것도 같았고, 그 때문에 구석에 밀어뒀음에도 이처럼 불쑥불쑥 그 말도 안 되는 '가설'이 떠오르는 것이기도 했다.

'설마….'

언제나처럼 이번에도 역시 말도 안 된다며 구석으로 밀쳐내지만, 왠지 오래지않아 또 다시 떠오를 것 같은 예감이 들었다.

❖ ✣ ❖

그건 진정 생각지도 못한 경험이었다.

'내가… 그를?'

각성의 순간 무수히 많은 깨달음의 물결 속에서 별빛을 받아들이고 다시금 눈을 떴을 때, 처음 마주한 건 당장이라도 숨이 닿을 듯 가까운 거리에서 모든 공세를 받아주고 있는 '그'의 모습이었다.

마치, 동물들의 각인의식처럼, 새롭게 태어난 그녀의 동공 속으로 그의 모습 역시도 새롭게 각인되고 있음을 알았다.

심장이 뛰었다.

과거에도 이처럼 열정적으로 펄떡거리고 있었지만, 이전과는 그 의미가 전혀 달랐다.

아니, 어쩌면 같을지도 몰랐다.

각성과 함께 그녀가 품고 있던 감정의 본질을 다시금 되새겼고, 그를 바라보며 근원적인 의미를 온전히 깨닫게 되었기 때문이었다.

왜? 어째서 그를 그토록 찾았던 것일까?

왜? 어째서 그만 보면 심장이 뛰는 걸까?

왜? 어째서… 왜? 어째서…….

그간 대수롭지 않게 넘겼던 많은 생각들이 복잡하게 얽히고설키더니 이내 하나의 의미로써 재탄생되었다.

확실히 그를 향한 감정에 분노가 존재하는 건 맞았다. 뿐만 아니라 그녀가 겪었던 것과 마찬가지로, 그 역시 죽음 혹은 그와 비슷한 경험을 맛보여 주고 싶은 복수심도 지니고 있었다.

하지만 그 이면에 감정 하나가 숨겨져 있음을 이번 각성과 함께 자각해 버렸다.

왜? 어째서?

의문을 품는 순간 답이 나왔다.

[그만이 나를 자유롭게 하니까!]

타고나기를 빛의 축복과 함께했던 까닭인지, 가난했던 삶 속에서도 그녀 개인적인 어려움을 느낀 적은 크게 없었다.

일찌감치 세상에 나온 이후, 거친 용병생활을 하면서도 나름 순탄한 여정들이 이어졌다. 심각할 수준으로 위기라 할 만한 순간들이 과연 있었나 싶을 정도로 큰 문제는 없었다.

말도 안 되는 육체능력은 언제나 사건을 단순하게 만들어줬다.

하지만 그럴 때면 언제나 뒤에서 수군거리고는 했다.

[여자가 무슨 용병을 한다고.]

[여자니까 봐 준 거야!]

[여자라서….]

그녀에게 패배하고도 인정하지 않으며, 의뢰를 마친 이후에도 외형에 기대 사기를 치려는 이들이 적지 않았으며, 심지어는 외모에 취해서 수작질을 거는 작자들까지 들끓었다.

때문에 '마녀' 라 불리기를 주저하지 않았으며, 항시 '폭풍' 처럼 움직이며 스스로를 지키고 또 키워왔다.

폭풍의 마녀 프레이 에클라우는 그렇게 탄생한 것이다.

그럼에도 불구하고 여전히 그녀를 제대로 보려하지 않았고, 곁눈질로 본 것만 가지고 판단하려 드는 이들이 가득했다.

그 와중에 '그' 를 만나버린 것이다.

[젝크 브라운!]

첫 만남은 그 시작부터가 남달랐다.

[가슴!]

어지간한 용병들도 쉬이 건들 생각을 하지 않는 부위를 대뜸 쑤시고 들어왔고, 거기에 더해 흙을 뿌리던 모습이나, 근접거리에 대뜸 침을 뱉고, 사내들에게 치명적이라는 사타구니 공격까지, 그야말로 거침이 없었다.

그는 다른 이들과 달리 변명의 여지 따위가 없는 '진짜 승부' 를 걸어왔다.

비겁하다고 여길 수도 있는 행동들이 그득했지만, 최소한 승부 그 자체에 진실하다는 건 확실했다.

뿐만 아니었다.

여타의 사내들과 달리 그녀를 향한 눈빛에 지저분한 감정들이 묻어나오지 않았다. 오히려 혐오하는 것 같은 표정으로 연신 피하려 드는 모습은 신선하기까지 했다.

물론, 그 같은 부분들이 더욱 분노를 자극한 것 역시 사실이기는 했다. 아마도 이 시점에서 오래전 버렸다고 생각했던 여성으로써의 자존심이 다시금 고개를 들었던 것도 같았다.

이 같은 기억들의 조각들이 모이고, 그 이면에 감춰진 감정들이 제대로 모습을 갖추면서, 그를 향한 태도에 변화가 올 수밖에 없었다.

하지만 생전 겪어본 적 없는 감정이었던 까닭에, 선뜻 다가갈 용기가 나질 않았다.

'멍청하게 뭘 하는 거야!'

폭풍의 마녀라고 불리며 거침없는 행보를 일삼던 그녀에게는 어울리지 않는 행동이라 여기면서도, 결국 먼발치서 어설피 훔쳐보는 행동만 연발할 뿐이었다.

'이러면 안 되는데….'

스스로의 답답한 행동에 제 머리를 쥐어박으며 홀로 앓기만 하는 나날들이 그렇게 쌓여만 갔다.

하지만 이 같은 태도가 오래 이어질 수는 없었다.

"슬슬… 떠나려고 합니다."

우연찮게 엿들은 그와 헤일러의 대화를 통해, 더 이상

시간이 없다는 걸 깨달아 버린 것이다.

과연, 마음을 밝히느냐 이대로 감춘 채 끝내느냐.

선택의 순간,

놀랍게도 그녀는 제 3의 선택지를 만들어냈다.

“나도 같이 가!”

당황하는 그, 에던의 얼굴을 보며 왠지 모를 쾌감이 드는 이유는 뭘까?

‘아….’

순간, 깨달았다.

그녀는 그의 저런 얼굴에 제법 빠져든 모양이었다.

하루하루 감정은 의미를 더해가고 있었다.

❖ ✣ ❖

그녀가 엿듣고 있음을 알았다.

때문에 잠시 갈등이 일었지만, 따로 멀리 나가서 대화를 할 생각이 아닌 이상, 그 특별한 감각에 결국 다 들킬 것임을 알기에, 그냥 무시한 채 이야기를 이어나갔다.

“슬슬… 떠나려고 합니다.”

짤막하니 본론을 꺼내드는 순간, 그녀가 방문을 박차고 들어오더니 말도 안 되는 이야기를 꺼내들었다.

“나도 같이 가!”

생각지도 못한 외침이었다.

'이런, 미친…!'

그녀의 이 갑작스럽고도 황당한 발언으로 인해 골머리가 울리는 느낌마저 들었다.

더욱 골치 아픈 건, 순간적인 외침과 함께 그녀에게서 비친 표정과 눈빛 그리고 음성의 떨림에서, 외면하고 싶었던 '가설' 의 가능성에 대해 깨닫고야 말았다는 점이었다.

세릴 그리고 레일라에게서 느껴지던 그런 감정의 잔재는 자연스레 의심의 두께를 얇게 만들었고, 절로 골치를 아프게끔 상황을 몰아갔다.

"같이 갈 거니까. 그렇게 알고 있어!"

제 할 말만 하고 나가버리는 프레이의 모습에 잠시 멍청하니 텅 빈 방문 앞을 바라보고 있으려니, 한편에서 헤일러가 혼잣말마냥 중얼거리는 소리가 들려왔다.

"흘… 청춘이 좋긴 좋구나."

절로 뒷목이 뻐근해지는 순간이었다.

❖ ✣ ❖

몸이 안 좋던 시절, 다가올 슬픈 미래를 준비하며 과거를 회상하던 무렵, 우연찮게 옛 기억들 속에서 이질적인 부분들을 발견해냈고, 이 부분들에 대한 의문과 의심들을 떠올리며, 하나의 가설을 세우기에 이르렀다.

그 때문일까?

하루가 다르게 가설에 대한 확신이 커져가며, 그간 쌓아 올렸던 미움이란 감정 위로 그리움이란 단어가 새로이 자리를 잡아가기 시작했다.

'오빠….'

가족들을 버리고 도망갔다고 여겼던 오라비였지만, 어쩌면 가족들을 위해 제 한 몸 희생한 건 아니었을까?

유난스러울 정도로 심각했던 가뭄과 그로 인해 시작된 대흉년의 시기였건만, 가족들은 그 최악의 시기에 찾아든 절망의 순간, 아슬아슬하니 배를 채우며 위기를 넘어설 수 있었다.

그 당시에 굶주림을 해결할 수 있었던 것, 그게 어쩌면 오라비의 희생으로 인한 것일지도 모른다는 생각이 계속 이어져왔고, 지금에 이르러서는 확신에 가까울 정도로 그런 생각이 굳혀지고 있었다.

몸이 건강해진 이후, 따로 고향에 소식을 보내 이 부분에 대해서 물어볼까도 싶었지만, 어쩌면 부모님의 아픈 기억이자 깊은 상처일지도 모른다는 생각에, 홀로 삼키며 그렇게 마무리를 지을 뿐이었다.

하지만 이 감정적 변화는 그간 지우고 또 잊으려 노력했던 오라비의 얼굴을 다시금 떠올리게 만들었다.

'어떻게… 생겼었지?'

워낙 오래전 일인지라 제대로 기억이 나질 않았지만, 우습게도 아들 토드의 얼굴을 통해 오라비의 흔적 일부를 엿보면서, 흐릿하게나마 그 형상을 되새길 수 있었다.

사실, 오라비의 얼굴이라고 하기보다는 고향에서 업어 키웠던 어린 동생들의 얼굴을 일부 닮아있는 것이지만, 오라비의 얼굴에 대한 힌트는 되어주었다.

그러던 찰나에 '그'를 만났다.

[에던, 운트!]

대륙에는 초월적인 존재로써 유명세를 떨치고 있다는 소리를 들었는데, 더욱 놀라운 건 그런 대단한 사람이 딸아이의 스승이라는 점이었다.

몸이 안 좋던 시절, 딸아이에게 워낙 그에 대해서 이런저런 이야기를 들었던 까닭일까?

첫 대면의 순간에도 이상할 만큼 낯설지가 않았다.

[은인!]

그 같은 단어만으로는 다 표현하기 어려울 정도로 고마운 사람이라는 걸 알고 있었다.

딸아이에게 검술원에서 머물 수 있게 허락해 줬으며, 바라던 공부를 전해줬고, 거기에 더해 그들 가족이 검술원에서 지낼 수 있도록 배려해준 걸 모르지 않았다.

헤일러는 이 같은 사실을 비밀로 한다고 했으나, 리아에게 들었던 이런저런 이야기들을 종합해 봤을 때, 충분히 짐작 가능한 이야기였다.

덕분에 헤일러를 만날 수 있었고, 불편하던 몸을 고치고 아픔을 털어내며, 다시금 미래를 꿈꿀 수도 있었다.

뿐만 아니었다.

[베른 렐트!]

새로운 그녀의 '행복' 을 만나기까지 했다.

그 모든 시작점에 아이의 스승이 있음을 알기에, 헤일러에게 대하듯 그에게도 감사를 표하고자, 수시로 음식을 만들어 찾아갔다.

그래서일까?

하루가 다르게 그가 낯설지가 않다는 생각들이 쌓여만 갔고, 이상할 정도로 그와의 거리감이 좁혀드는 기분을 느껴야만 했다.

그건 실로 묘한 감각이었다.

'마치….'

아련한 무언가를 마주한 느낌이랄까?

'혹시, 아는 사람인가?'

의문은 호기심이 되어 그를 향한 관심으로 이어졌다.

물론, 베른을 두고 다른 남자에게 한눈을 판다거나 하는 의미는 아니었다.

희미하니 가슴 한편을 두드리는 이 미묘한 감각의 정체를 확인하고 또 확실히 하고 싶은 것뿐이었다.

그렇게 수시로 검술원을 찾았다.

명분이라면 다양했다.

은인으로 여기는 헤일러가 머무는 곳이고, 딸아이 리아가 검술을 익히는 장소이며, 남편인 베른의 일터나 다름없었으니,

발길을 하는데 어려움은 없었다.

얼마나 지켜봤을까?

문득,

그에게서 부친의 얼굴이 떠올랐다.

왜? 어째서?

이유를 굳이 찾자면, 그가 딸아이 리아를 바라보던 눈빛 때문이었다.

'마치….'

부친이 그녀와 동생들을 향해 보내오던 그 눈빛을 생각나게 만든 것이다. 그리고 이 시점에서 그녀는 그토록 흐릿하던 오라비의 모습을 완벽히 기억해내고야 말았다.

'맙소사!'

놀랍게도 기억과 동시에 확신을 가져버렸다.

의문? 의심?

이상하게도 필요치 않았다.

부친이 존재하지만 실질적으로 그녀에게 '아버지'의 역할을 해줬던 건 오라비였다.

가족들을 버렸다는 생각에 원망하며 잊어버렸지만, 그 마음이 제법 풀어진 지금, 한 번 떠올린 기억은 마치 제방의 둑이 무너지듯, 그렇게 주체할 수 없는 속도로 옛 추억들을 쏟아내기 시작했다.

게다가 그 눈빛을 확인하고 눈매를 각인하자, 새삼 그 얼굴의 윤곽이라거나 전체적인 형태가 부친과 닮아있음을 알았다.

그뿐만이 아니었다.

엉망으로 헝클어진 머리나 덥수룩하니 기른 수염도 낯설지 않았다.

나름 단정한 모양새를 좋아하는 부친이었지만, 하루하루 치열했던 삶 때문인지, 부친 역시도 저 같은 모습으로 지내던 날들이 적지 않았던 까닭이었다.

[이상하게 삼촌이라고 부르라더라.]

그리고 왜 하필 스승과 제자 사이에 그런 호칭을 입에 담게 했는지도 알게 되었다.

오라비는 이미 그녀를 알아보고 있던 것이다.

"아…."

눈물이 나왔다.

아직 다 털어내지 못했던 가슴 속 멍울이 일순 씻겨나가는 것 같은 기분을 느끼면서 그대로 눈물을 떨궜다.

하지만 오라비를 향해 다가갈 수는 없었다.

'여보?'

어느 틈에 다가온 것인지, 그녀의 남편이 어깨를 짚으면서 고개를 젓는 게 보였다.

그녀를 지켜보다 시시각각 변화하는 그녀의 표정과 붉어지는 눈시울에서 상황을 깨닫고는 앞으로 나선 것이다.

'아…!'

남편과 마주하는 순간 깨달았다. 이미 그는 오라비의

정체에 대해 알고 있었던 것이다.

이내 그의 손에 이끌려 검술원을 나섰고, 그렇게 대화를 나눴다.

'숨겨야 한다고?'

오라비가 세상에서 지닌 위치를 알기 때문에, 그와 가까워질수록 위험하다는 것이다.

"나도 밝히고 싶었지만… 그러면 안 된다면서 말리시더라."

남편의 이야기를 이해했다. 오라비의 뜻 역시 모르지는 않았다.

'하지만….'

납득할 수는 없었다.

'그렇지만… 안 되는 거겠지?'

결국, 물러나야만 한다는 걸 알았다. 다가가선 안 되는 것이다.

오라비의 말이 맞기 때문에, 남편의 선택이 틀리지 않는 까닭에, 그녀는 지금 이 상황을 받아들여야만 했다.

그렇게 조용히 눈물을 떨구고 있을 때,

"미안하다…."

생각지도 못한 음성이 그들 사이로 끼어들었다.

어느 틈에 다가온 것일까?

그가,

오라비가 그녀를 향해 걸어오고 있었다.

❖ ✣ ❖

경계를 넘고 거기서 또 다시 벽을 허물었을 때, 육신은 인간이라는 영역의 한계를 훌쩍 넘어서 있었고, 그 때문인지 지닌바 감각들 역시도 일반적인 인지역역을 한참이나 웃돌고 있었다.

의식하지 않으려 해도 느껴지는 것들이 수두룩했다.

바로 그 감각이 문제였다.

'결국… 들켜버렸나.'

찰나의 순간, 여동생의 변화를 즉각 알아채버렸고, 뒤이어 이어진 동생 부부의 대화도 들어버렸다.

검술원을 나가서 나누는 대화였지만, 안타깝게도 그의 감각권 안에서 이뤄지고 있었고, 그 내용들은 하나하나 귀에 파고들어 버렸다.

사실, 듣지 않고자 했다면 귀를 막아버릴 수도 있었을 것이다. 하지만 여동생과 관련된 일이었기 때문인지, 쉬이 그 같은 행동을 하기가 어려웠다.

그리고 이어진 갈등 끝에 결정을 내렸고, 밖으로 향했다.

"미안하다…."

일단 불러서 이야기를 나눠야 했으나, 억지로 납득하며 눈물을 감추는 여동생의 모습에, 그냥 그 말이 먼저 나와버렸다.

이후의 행동 역시도 생각하기 전에 이뤄졌다.

다가갔다.

그리고 안았다.

품 안에서 느껴지는 떨림과 함께, 축축하니 젖어드는 가슴 어림의 물기와 온도변화가 모든 감정들을 이야기해주고 있었다.

그 모습을 가만히 지켜보던 베른은 오랜만에 이뤄지는 그들 두 남매의 시간을 방해하지 않고자, 조용히 자리를 비켜주었다.

❖ ✣ ❖

어디서부터 물어야 할까?

"왜 그랬어?"

많은 갈등이 있었지만, 나온 질문은 아주 단순했다.

정확히 어떤 부분에 대한 물음인지도 언급하지 않았다. 하지만 에던은 그 물음의 의미를 안다는 듯, 자연스레 받아들이며 답을 내어주었다.

"어쩔 수 없었으니까."

동생의 눈빛 한편에 섞여있는 원망의 빛과 그 사이사이 비치는 미안한 감정을 통해, 어린 시절 가족을 떠나던 무렵을 묻고 있음을 알았다.

"워낙… 힘들었던 시절이잖아."

때문에 에던은 당시 마을을 지나던 서커스단에 스스로를

팔았다. 비싼 값은 아니었지만, 급한 대로 가족들의 굶주림은 해결할 수 있었고, 덕분에 그들 가족은 대흉년 최악의 순간을 가까스로 버텨낼 수 있었다.

"아버지가 말한 거니?"

대답의 끝에서 에던은 그리 물었다. 당시의 이야기는 그와 부모님만 아는 비밀이었던 까닭이었다.

물론, 부모님은 이를 납득하지 않았었다. 아무리 어렵고 힘들다지만, 그들 부모님은 아이들을 팔아가며 목숨을 연명하시는 그런 분들이 아니셨다.

'그럴 바에야 제 살을 뜯어서 먹이실 분들이셨지.'

때문에 에던은 반쯤 억지를 써서 부모님을 설득하고, 상황을 해결해야만 했다.

[저 서커스단 좋아하는 거 아시잖아요. 이건 저에게도 기회에요. 이참에 제대로 배워서 좋아하는 일을 해 볼 생각이에요. 모양새가 이래서 좀 그렇지만, 제발… 허락해 주세요.]

워낙 배를 곪았던 탓인지, 동생들의 상태가 하루가 다르게 심각해져가고 있었다. 급한 불은 꺼야했기에 가까스로 구한 식량을 물리고 싶지 않았다.

억지에 억지를 써 가며 부모님을 설득했고, 그렇게 고향을 떠난 것이다.

혹여 동생들이 이 일을 가지고 부모님을 원망할까 걱정되어, 차라리 그가 원망을 받겠다는 생각으로, 비밀로 해달라면서 약조를 받기까지 했었다.

제니스의 질문에서 그 시절을 짐작하며, 혹시라도 부모님께 들은 건 아닌가 하는 생각을 한 것이다.

이 같은 그의 물음에 제니스는 고개를 저어보일 뿐이었다. 그거면 충분한 답이 되었다.

'그래. 그랬지… 어려서부터 똑똑했으니까.'

여동생이 홀로 생각하며 진실에 다가갔음을 짐작한 것이다.

'정말, 똑똑한 녀석이었는데….'

그의 자랑이기도 했던 여동생이건만, 그 똑똑한 머리에도 불구하고 못된 사기꾼 같은 놈에게 걸려버렸다는 게, 그의 가슴을 답답하게 만들었다.

리아와 토드는 분명 축복일 것이나, 그 두 아이의 부친은 결코 용서할 수 없는 저주와 같았다.

똑똑했으나 순진했고, 거기에 더해 집안의 사정 역시도 좋지 않았다는 점 역시도 한몫 거들며 시야를 가렸으리라.

여동생을 속여먹은 그 사기꾼은 레드문을 통해서 최악의 고통스러운 곳으로 보내, 그야말로 노예나 다를 바 없는 삶을 살아가는 중이었다.

결코 가벼운 고통으로 끝을 내고 싶지 않았기 때문에, 그 건강만큼은 철저히 관리하도록 지시했다.

당연하게도 용서할 생각 따위는 없었다.

'평생… 고통 속에 살아야만 할 거다!'

분노가 큰 까닭에, 더더욱 여동생이 안타까운 마음도 컸다.

그런 이유로 계획에서 크게 엇나간 지금 이 상황이 너무도 달갑게만 여겨졌다.

'기왕 들킨 거….'

참았던 만큼 동생을 위해 움직일 생각이었다.

❈ ✣ ❈

전쟁이라는 건 시작을 하기가 어려울 뿐, 막상 불씨를 지피고 나면 그때부터는 들불처럼 번지는 건 순식간이었다.

명분이나 조건 같은 걸 따질 필요가 없었고, 더 이상 주변의 눈치를 볼 필요도 없었다.

그냥 칼을 뽑고 달려들면 되는 것이다.

한 번 시작된 칼질은 누구 하나가 끝을 보기 전까지는 종막에 이르기가 어려웠고, 어지간한 이유가 아니고서는 휴전이라는 명목으로 자리를 물리는 것도 쉽지가 않았다.

"뭐… 휴전 따위를 할 생각도 없지만."

에넥시드 왕국의 국왕 트라제는 입 꼬리를 말아 올리며 지도를 내려다봤다.

주변국들의 상황변화가 간략히 기록된 지도였는데, 거기에는 그들 왕국의 압도적인 진격상황 역시도 함께 나열되어 있었다.

절로 미소가 나올 수밖에 없는 그림이었다.

뿐만 아니라 지도에는 이번에 그들과 뜻을 함께했던 다른 왕국들의 상황들도 함께 나열되어있었는데, 그들의 상황 역시도 나쁘지 않다는 게 기분을 흡족하게 만들고 있었다.

이 같은 탈퇴세력의 진격이 강렬해지면, 자연히 뿌리에도 혼란이 발생할 수밖에 없을 터였다.

'우리들을 제외하고 남은 이들을 통제하며 정비를 마쳤다고는 하지만… 원래대로 돌리기에는 부족한 시간이지.'

물론, 짧지 않은 시간이었지만, 길다고 하기에는 더욱 어려웠다. 이는 얼마든지 흔들릴 수 있는 여지가 남아있다는 말과 같았다.

그들 탈퇴세력이 힘을 키우기에 합당한 조건이 성립된 것이다.

"…지금 상황에 만족해서는 안 되겠지만."

당장에야 그들이 좋은 모습을 보여주며 고지를 점령한 듯 보이지만, 아직까지 암전의 반격이 시작되지 않았다는 걸 생각해 봤을 때, 긴장감만큼은 늦춰서는 안 될 터였다.

저들 뿌리의 일원으로 지내며 한 세대를 살아왔고, 나름의 혜택을 받아봤기 때문에, 그들의 감춰진 힘에 대해서도 모르지 않았다.

전부를 아는 건 아니었지만, 상당부분 파악하고 있었고, 그런 까닭에 다가올 반격의 순간이 결정적인 위기일지도 모른다고 여겼다.

때문에 지금 이 흐름을 최대한 유지하는 게 중요했다.

외부에서 두드리고 이를 통해 내부에 충격을 전해, 다시 한 번 뿌리의 일원들을 흔든다면?

'승산이 더 높아지겠지.'

지도를 쭈욱 훑어보던 그의 눈가에 일순 불꽃이 튀었다.

"…트레이셸!"

칠성좌의 한 자리를 차지하고 있는 왕국으로써, 그들 에넥시드와 머지않은 장소에 존재하는 까닭에, 그들이 강국으로 불리면서도 꾸준히 눈치를 보게 만들었던 왕국이 바로 트레이셸이었다.

지난 세대부터 시작하여, 강국으로 불리고 있는 그의 세대까지, 여러모로 그들의 행보에 걸림돌이 되는 왕국인 만큼, 적잖이 거슬릴 수밖에 없는 왕국이었다.

탈퇴세력들 중 강국이라 불리는 이들 대부분이 그와 비슷한 상황이었다.

이 같은 구도가 그려진 이유라면 간단했다.

저들 칠성좌가 에넥시드를 비롯한 강국을 의도적으로 세워둔 것으로써, 그들을 방패막이로 삼아 그 이면에서 뿌리를 위한 다양한 실험이나 음모를 꾸미기 위함이었다.

충분한 혜택이 돌아오는 까닭에, 이를 용납하며 받아들였지만, 뿌리에서의 변함없는 위치가 그들을 자극하며 결국 이 같은 반란 및 탈퇴를 일으키게 만든 것이다.

냉정하게 분석한다면, 그들이 강국이라 불리고 있음에도 불구하고 칠성좌를 상대로는 승리를 장담하기 어려운 게 사실이었다.

'일단, 연계하고 있는 왕국의 숫자부터가 다르니… 어쩔 수 없는 부분이지.'

하지만 루딘 용병단과 같은 대항세력들을 비롯하여, 레드문과 같은 거대 단체까지, 암전과 대립하고 있는 상황이었다.

뿐만 아니라 그들을 알고 있는 왕국들 역시도 이 기회를 통해 날을 세우는 중이었다.

적의 적은 아군이라고, 일단 한시적으로 적대세력과 손을 잡았고, 그로 인해 전체적인 구도가 암전과의 승부에 유리하게 돌아가고 있었다.

"새로운 역사를 써 내리기에 좋은 조건이지."

머지않아 다가올 암전 반격만 잘 버텨내면 충분히 가능한 일이었다.

하지만 이렇게 암전에만 집중하고 있을 때, 생각지도 못한 방향에서, 사건은 갑작스럽게 일어났다.

❖ ✣ ❖

[강제하지 마라!]

실로 짤막한 경고였다.

그렇지만 그 발언이 누구에게서 나왔는지 알기 때문에, 결코 무시할 수 없는 내용이기도 했다.

[용병왕!]

한 때는 사신이라 불렸고 이제는 마왕이라 칭해지는 그들 야인의 왕이 던지는 외침이었다.

누가 감히 그 말을 무시할 수 있을까.

"…미쳤군."

트레이셸의 국왕 라벨르만은 이 뜬금없는 소식에 헛웃음을 터트렸다.

제정신으로는 할 수 없는 발언이라 여긴 것이다.

"전 대륙을 적으로 돌릴 셈인가?"

정확히 이야기를 하자면, 각국 수뇌부들을 의미하지만, 그들이 결국 왕국을 움직이는 걸 생각했을 때, 전 대륙을 상대로 시비를 걸고 있는 것이나 다를 게 없다고 여겼다.

귀족들은 각자 사병과 기사단이 존재하며 그들 나름의 세력들을 이끌고 있다.

하지만 그들이 실질적으로 앞세우는 병력은 용병들이 대부분이었다. 자비를 들여 오랜 시간 키우고 정비해온 사병들은 일단 아끼고 보는 것이다.

때문에 자그마한 다툼부터 시작해서 본격적인 영지전까지, 다방면에 걸쳐 용병들을 끌어들이는 게 기본이었다.

현재 대륙을 떠들썩하게 만들고 있는 전쟁 역시도 마찬가지였다.

당연하게도 저들 용병들을 얼마나 끌어들이느냐에 따라 초반 기선제압의 결과가 정해질 만큼, 용병들의 가담은 중요했다.

헌데, 저들의 왕은 그런 용병들을 향해 전쟁에 참여하지 말라고 외치고 있었다.

전쟁을 일으킨 왕국들뿐만 아니라, 사태를 방관하고 있는 왕국이나 귀족들까지, 전부 눈살을 찌푸리며 불쾌감을 드러내기에 충분한 외침이었다.

물론, 직접적으로 전쟁참여를 반대한 건 아니었다. 그저 길드에게 압력을 넣은 정도일 뿐이었다.

"…그거면 충분하지."

실질적으로 길드의 입김이 아니라면, 용병들의 대규모 전쟁 참여도가 극히 낮아지는 까닭이었다.

때문에 많은 귀족들이 길드와 연계를 통해 용병들을 끌어들이고, 그들을 마치 사병처럼 부려온 것이다.

용병길드가 힘을 잃는다는 건, 귀족들의 가려운 곳을 긁어주던 간접적 사병이 사라진다는 의미와 같았다.

마치, 팔 하나가 떨어져 나가는 것 같은 충격일 터였다.

"조용히 숨죽이고 지내도 거슬리는 판국에, 이따위 행동이라니. 쯧!"

용병왕이라는 존재 자체가 그들의 간접적 사병의 자율권한과 연결되는 까닭에, 이미 그 등장만으로도 많은 왕국과 귀족들의 눈살을 찌푸리게 만들기에 충분했다.

그런 와중에 지난해부터 직접적으로 용병들을 흔들고 그들의 행동에 통제하는 모습을 보여주고 있으니, 암전과 연관되지 않은 왕국들도 슬슬 그 불쾌감을 겉으로 드러낼 지도 몰랐다.

"쯧! 미꾸라지 한 마리가 제대로 물을 흐려놓는군."

칠성좌의 주인으로써, 그간 당해온 것들이 있는 까닭에 더욱 마음에 들지 않는 외침이며 행보였다.

더욱 골치 아픈 건, 저 같은 행동이 이번 전쟁에 제대로 타격을 입혔다는 점이었다.

용병들의 왕이었다.

그간 길드가 지니고 있던 명분이나 발언권 그리고 영향력 등을 한순간에 짓밟기에 충분했다.

애초에 길드라는 형태도 저들 왕의 존재로 인해 완성되고 유지되어 온 것이 아니던가.

당연하게도 왕의 외침은 용병들에게 가장 합당한 명분이 되어 줄 것이고, 길드의 통제를 벗어날 수 있는 변명거리로도 작용할 수 있을 터였다.

물론, 그럼에도 불구하고 길드는 힘을 쓸 것이고, 용병들은 결국 전쟁터로 내몰리게 될 것이다.

왕의 존재가 특별하기는 하나, 결국 그는 혼자였고, 대륙 전역의 길드를 관리하기에는 무리가 있을 수밖에 없었다.

문제라고 한다면, 길드가 상황을 정리하기까지 짧지 않은 공백의 시간이 존재할 거라는 점이었다.

"골치 아프게 됐군."

기본적으로 암전은 용병들을 끌어들여 업계의 이면이라는

명목으로 활동을 하고 있었다.

용병왕의 이번 행보를 통해, 전쟁을 일으킨 많은 왕국들이 타격을 입었겠지만, 가장 크게 피해를 입은 건 결국 그들 암전의 세력들인 것이다.

이전부터 용병들의 암전 개입을 방해하던 행보가 이번 전쟁에 이르러서 제대로 터진 격이었다.

"쯧… 어쩔 수 없나."

상황이 생각보다 좋지 않은 까닭에, 그들의 감춰진 저력을 꺼내드는 건 피할 수 없었다.

그렇지만 그 등장 시점은 전쟁의 초반이 아닌 적어도 전쟁의 중반지점은 이르렀을 때로 보고 있었다.

이렇게 이른 시기는 계획에 없었다.

"…미칠 노릇이군."

겨우 한 개인에게 이토록 여러 차례 당하는 경험을 할 줄이야. 진정 생각지도 못한 상황이었고, 그 때문에 더욱 머리가 아픈 것일지도 몰랐다.

그리고 이 같은 두통은 그 뿐만 아니라, 다른 칠성좌들 역시도 공통적으로 느끼고 있는 부분이기도 했다.

❖ ✣ ❖

짐작하던 그대로라고 해야 할까?

"그냥 말만 해서는 들어 쳐 먹을 놈들이 아니지."

에던은 그의 외침에도 불구하고 여전히 용병들을 억압하며 그들을 전쟁터로 내몰려는 움직임이 있음을 알았다.

레드문이라는 훌륭한 정보단체가 곁에 있는 만큼, 모르는 게 더 이상한 일이었다.

"말귀를 못 알아들으면 일단 쳐 맞아야지."

그리고는 가까운 곳부터 시작해서, 총 스무 개의 용병길드를 박살냈다.

"이게… 대체 무슨 짓입니까?"

"어찌, 왕이라는 분이 이런 만행을 저지를 수 있단 말입니까?"

"우린 이렇게 제멋대로인 당신을 왕으로 인정할 수 없소!"

이처럼 반박하며 그를 부정하려는 이들이 여럿 있었지만, 그럴 때마다 티브릭샨에서 보여줬던 행동을 고스란히 행하며, 사뿐히 즈려밟아 주었다.

"언제까지 짖을 수 있는지 보자."

그러며 더욱 사납게 길드를 때려 부쉈고, 그 행동이 격해지던 순간을 기점으로, 점차적으로 그를 향한 반발의 목소리가 줄어들기 시작했다.

"대… 대화로 하시면 안 되겠습니까?

그의 등장에 급한 불은 끄자는 심정으로 분위기를 조정하려는 이들도 있었다. 하지만 에던은 그런 이들일 수록 더욱 강하게 응징했다.

"좋은 주먹 놔두고 대화를 왜 하니."

단순하면 단순할수록 저들은 그를 두려워하게 될 것이고, 그만큼 그의 영향력 역시 커질 수밖에 없을 터였다.

때문에 의도적으로 거칠게 몰아가는 경향도 있었다.

"아프면 말해. 다른데라도 때리게."

철저하게 공포 그 자체를 새기기 위한 행동을 반복했다. 저 멀리 티브릭샨 왕국에서 그러했듯, 이곳에서도 점차적으로 에던을 부정하는 목소리가 지워지기 시작했다.

서대륙을 강타하던 마왕의 존재감이 중앙대륙에 제대로 상륙하는 순간이기도 했다.

하지만 이 같은 존재감의 발산은 그만큼의 위험도를 함께 내포하고 있는 것 역시 사실이었다.

"너무 자극하는 건 아닐까요?"

정보원으로써 관측이 주된 임무인 레드문의 요원이 그처럼 걱정스레 물어야 할 만큼, 에던의 행보는 위험도가 높았다.

하지만 에던은 고개를 저으며 요원들의 우려 섞인 표정을 털어주었다.

"한동안은 숨을 죽이고 있을 테니, 걱정하지 않으셔도 됩니다."

워낙에 판이 크다보니, 준비해야 할 판돈도 만만치가 않았다. 때문에 에던은 최대한 일을 크게 벌이면서, 그가 배팅할 수 있는 자격이 있다는 걸 '꾼'들에게 알린 것이다.

"일단 판돈은 걸었으니…."

지금부터는 관객의 입장에서 무대를 지켜보며 그의 차례가 돌아오기를 기다리면 될 터였다.

'…원래 계획은 이게 아니었지만.'

거기까지 생각하던 에던이 슬쩍 입가에 미소 한 줄기를 띄우며 얼굴 가득 온기를 새겨 넣었다.

언제나처럼 음식을 가득 든 채 검술원의 문턱을 넘는 여인이 보였다. 어느새 30대를 코앞에 둔 여인이지만, 그에게는 여전히 소녀 같으며, 너무도 사랑스럽기까지 한 여동생이 그를 향해 활짝 웃고 있었다.

'조금만… 잠시만 더 머무르기 위해서라도….'

이곳에서의 시간을 좀 더 누리고자, 기존 계획을 일부 수정한 것이었다.

킁… 킁…

코끝을 스치는 음식냄새가 너무도 정겨웠다.

'…이건!'

어릴 적 그가 즐겨먹던 요리가 저 봇짐 안에 담겨있을 것으로 짐작됐다. 모친의 손맛을 제대로 배운 여동생의 요리 솜씨였다.

침샘은 이미 폭발하기 일보직전이었다.

폭풍 전,

고요한 침묵 속에서 잔잔한 행복의 선율이 은은하게 울려 퍼졌다.

6. 여인들…

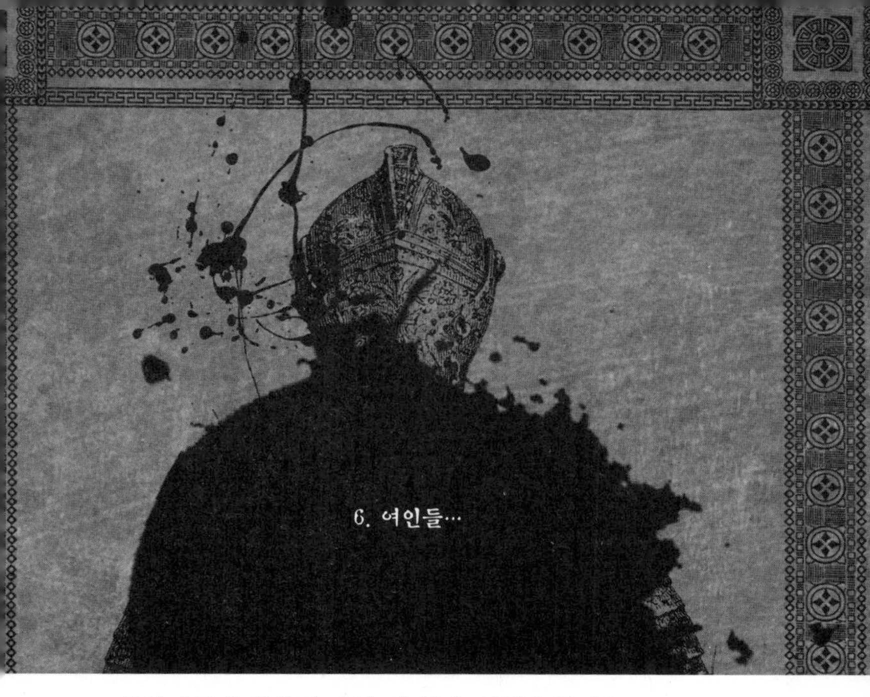

6. 여인들…

하루아침에 세상이 바뀐 것 같다고 해야 할까?

제니스는 오라비에 대해 알고 난 뒤, 정말로 그 비슷한 감각을 경험할 수 있었다.

주변 환경이나 위치의 변화 같은 게 아니었다.

지극히 개인적인 의미로써, 오랜 세월 원망하던 오라비에 대한 앙금이 마지막 한 점까지 씻겨나가며 시점의 변화를 겪은 까닭이었다.

홀로 세웠던 가설만으로는 부족함이 있었으나, 진실을 알게 되고 확신이 어리면서, 가슴의 멍울이 치유된 것이다.

그리고 이 날 이후부터는 검술원을 더욱 자주 찾게 되었다.

토드 역시도 한창 검에 빠져들 나이인지라, 그녀와 함께 검술원을 찾는 걸 좋아하기도 했다.

게다가 한 때, 이곳 검술원에서 생활하던 당시, 헤일러에게 짧게나마 몸 쓰는 법을 배웠던 까닭인지, 아이는 어린 나이임에도 불구하고, 까불대기 보다는 검술원에 녹아들어서 조막만한 손짓으로 이리저리 주먹과 발길질을 하며, 누나와 형들의 수련을 따라하느라 여념이 없었다.

덕분에 더욱 편한 마음으로 오라비와 마주했고, 그간 미뤄두었던 남매의 정을 확인하는 시간도 가질 수 있었다.

물론, 그들 남매에 대한 진실을 아이들에게는 전하지 않았다.

아이들의 입이 가볍지는 않을 것이나, 사실을 알게 된 이후, 그 행동에 아무런 변화도 없을 거라 장담하기는 어려웠던 까닭이었다.

실제로 에던이 '레일' 이라는 가면을 벗고, 아이들에게 그 정체를 밝혔을 때, 그 이후의 상황이 어떠했던가.

분명, 리아는 숨기려 했고, 훌륭히 그 같은 목적을 수행해줬다. 하지만 그 행동까지 완벽히 통제하지는 못했고, 이를 통해서 프레이에게 계기를 마련해주지 않았던가.

물론, 결정적으로 '삼촌' 이라는 단어까지 흘려버렸던 걸 생각한다면, 급하게 밝힐 필요도 없다는 결론이었다.

초월자니 뭐니 하는 세상은 워낙 별세상의 이야기인 까닭에, 오라비에 대해서 정확히 알고 있는 건 아니었다.

하지만 분명 '초월자' 라는 단어를 통해, 그 위치가 저 드넓은 하늘에 닿아있다는 것 정도는 알았고, 그녀로써는 상상하기 어려운 위험이 함께할 거란 예상 정도는 할 수 있었다.

이 부분은 오라비의 뜻을 따르는 게 옳다고 여겼다.

때문에 아직까지도 '레일' 이라는 가명을 입에 담고 있는 것이기도 했다.

어찌 되었건 외부적으로는 이곳 검술원에는 '에던 운트' 가 머무는 게 아닌 까닭에, 이는 더더욱 철저하게 지켜줘야 할 부분이었다.

그런 이유로 인해 오라비와의 시간은 제대로 만끽하기 어려운 부분도 있기는 했지만, 워낙 떨어져 지낸 시간이 길었던 만큼, 적당한 거리감에서부터 천천히 좁혀가는 것도 나쁘지는 않다고 여겼다.

'그나저나… 또 나가신 건가?'

언제나처럼 음식을 싸가지고 검술원을 찾았건만, 오라비의 모습이 보이질 않았다.

오늘도 '외출' 을 했다는 걸 알 수 있었다.

'처음에는 정말 깜짝 놀랐었는데….'

드디어 오라비와의 재회가 이뤄지고, 그 다음날 잠시 나갔다가 온다던 오라비가 무려 보름가량이나 돌아오지 않아서, 크게 당황해야만 했었다.

그나마 다행이라면 이런 그녀의 우려를 알았음인지, 일행으로 함께하던 여인을 남겨두고 갔다는 점이었다.

걱정스런 마음에도 그녀를 바라보며 오라비가 다시 돌아올 거라 믿으면서 그렇게 기다렸고, 보름여의 시간이 흐른 뒤 기다리던 오라비가 돌아오면서 안도의 한숨을 내쉴 수 있었다.

'언제까지나 함께 할 수는 없겠지만….'

겨우 이제야 만난 오라비였다. 욕심인 줄 알면서도 조금쯤은 함께 할 수 있는 시간을 바라게 되는 건, 아무래도 어쩔 수가 없었다.

그렇게 시작된 오라비의 외출은 수시로 이어졌는데, 한 번 나갈 때마다 최소 일주일씩은 지나야 돌아오고는 했다.

대체 무슨 일 때문에 저처럼 오랜 시간 외출을 하는지 의문도 들었지만, 그 같은 궁금증은 얼마 지나지 않아 자연스레 해결할 수 있었다.

여기저기서 들려오는 소문들에 그 답이 있던 것이다.

'그 짧은 시간 만에 다른 왕국까지 다녀온다니….'

소문들을 종합해 본다면, 오라비의 외출 기간이 오히려 짧다고 여겨질 정도였다.

하루는 이웃 왕국에서 모습을 드러내더니, 또 하루는 그 옆의 왕국에서, 심지어는 동대륙에서도 소문이 날아들고 있었음에, 오라비가 사실 마도의 전설에나 나오는 대현자가 아닐까 하는 생각마저 들고는 했다.

'동에 번쩍 서에 번쩍 하는 게… 정말, 마법이라도 부리는 것 같네.'

거기까지 생각하던 제니스는 문득, 그 같은 마법의 정점이 가까이에 있다는 걸 떠올렸다.

[대마도사!]

별의 영역이니 초월자니 하지만, 민간에서는 이런 기사나 초월자들 보다도 더욱 특별하고 또 신비하게 여겨지는 게 바로 마법사며 마도사였다.

당장 기사들의 경우에는 영주성 인근에만 다가가도 여럿 마주할 수 있지만, 마법사들의 경우에는 쉬이 마주치기도 어려운 까닭이었다.

실제로 평생을 살아가며 단 한번을 마주치지 못하는 경우도 있다고 할 정도로 마법사와의 만남은 쉽지 않았다.

물론, 마법사들의 성지라는 '마탑' 과 가까이에 다가간다면 또 모르겠지만, 그게 아니라면 마법사를 보기란 여간 어려운 게 아니었다.

하물며 그들의 정점이라는 대마도사였다.

기사들의 정점이라 불리는 '마스터' 들이 한 시대에 서넛은 꼭 존재하는 것과 달리, 대마도사의 경우에는 한 명 나오기도 어려웠기 때문에, 더더욱 환상처럼 여겨지는 것이다.

그런 대마도사가 같은 공간 안에서 머물고 있었다.

'저렇게 젊은 나이에….'

제니스는 여러모로 그녀의 존재가 놀랍고 또 신비할 따름이었다.

더욱 놀라운 건 그녀의 위치였다.

[오라비의 곁!]

모를 수가 없었다.

이미 오라비의 정체를 알기 전에도 그녀가 오라비와 함께하고 있던 걸 유심히 지켜봤었고, 둘의 관계가 심상치 않다는 것도 알 수 있었다.

당시에는 은인이기에 관심을 기울였던 거라면, 지금은 오라비와 관계된 일이기에 신경이 쓰이는 것이었다.

'연인일까?'

수많은 생각들이 머릿속을 둥둥 떠다녔다.

'아니면 약혼관계?'

그러면서 끝없이 상상의 나래를 펼쳐갔다.

'설마… 이미 부부인 건가?'

궁금증이 극에 달했으나, 선뜻 다가가 묻지는 못했다. 오라비와 관계가 있다는 건 알겠지만, 대마도사라는 위치가 주는 신비감과 거리감 때문이었다.

그래서일까?

"제게 할 말이 있는 것 같은데, 말씀하시죠."

레일라가 먼저 거리를 좁히며 다가갔다.

이미 '그' 의 여동생이 주변에서 서성이고 있음을 알았기에, 몇 차례 주저하다가 결국 마음을 정하며 먼저 걸음을 한 것이다.

사교성이 0에 가까운 레일라였지만, 그와의 관계를 생각해서라도 여동생과의 거리감을 조절할 필요성을 느끼고 있었다.

이런 그녀의 갑작스런 접근에 제니스는 적잖이 당황해야만 했다. 하지만 레일라는 그녀를 재촉하지 않으며 조용히 침묵하며 마음을 다스리기까지 기다려줬다.

이 같은 배려를 느낀 것일까?

제니스는 빠르게 가슴을 진정시켰고, 그로 인해서 한 꺼풀 편견을 벗어던진 채 레일라를 바라볼 수 있었다.

마법사라는 점과 대마도사라는 특별함이 주는 눈높이나 위치의 차이, 그로 인해 생겨나는 거리감까지, 이 역시 편견이라면 편견이라고 할 수 있다는 걸 이 순간 깨달았다.

'예쁘네….'

새삼스런 얼굴로 눈앞의 여인을 바라봤다.

알고 있었음에도 편견에 눈이 가리어, 일단 그녀의 지위나 신분에 집중하고 있던 것이다.

'레일라… 드리필만이었지?'

오라비를 통해 간략하게나마 그녀에 대해서 들은 게 있었다. 더 자세히 묻고 싶었지만, 오라비의 외출로 인해 많은 걸 듣기는 어려웠다.

그녀가 이 짧은 정보를 통해 알게 된 건, 눈앞의 여인이 '귀족' 이라는 점이었다.

[드라필만!]

아무리 세상 돌아가는 소식에 대해 아는 게 적다고는 하나, 그래도 동대륙의 명가인 드라필만을 모를 수는 없었다.

사실, 몇 해 전까지만 해도 드라필만이 지금처럼 전 대륙적으로 유명세를 떨칠 정도는 아니었다.

하지만 지난 전쟁을 통해 그 명성을 떨친 드라필만은 그들 왕국의 위상을 높이면서, 본격적으로 동대륙을 넘어 전 대륙으로 명성을 떨치고 있는 상황이었다.

그 때문인지 제니스도 짧게나마 그들에 대해서 들은 게 있었고, 당연하게도 그녀의 정체를 알게 되었을 때도 적잖게 놀라야만 했다.

더욱이 오라비의 곁을 지키는 여인이라는 점에서, 그 충격이 결코 가볍지 않았다.

물론, 신분차이라는 부분도 오라비의 위치를 생각한다면 문제될 게 없겠으나, 세상의 시선이라는 건 또 이야기가 달랐다.

과연, 그녀의 집안에서는 허락하고 있는 관계인 걸까? 신분의 차이로 인한 불편함은 없을까? 등등, 다양한 생각들이 또 한 차례 머릿속을 어지럽혔으나, 애써 이를 정리하며 하나의 물음으로 통합해냈다.

"오빠를… 어떻게 생각하시나요?"

사실, 복잡하게 생각할 것도 없었다. 그냥 이 질문 하나면 모든 게 해결되기 때문이었다.

일찌감치 그녀의 눈치를 통해, 어떤 생각을 하고 있는지 짐작하고 있던 까닭일까?

레일라는 당황하지 않은 채 침착하게 답을 내어줬다.

"내 아이를 키워줄 사람이죠."

답변과 동시에 경악하는 제니스의 얼굴을 봤다.

그리고 뒤늦게 자신이 무슨 실수를 했는지 깨달은 레일라의 이마 위로 한 줄기 굵직한 땀방울이 어렸다.

질문을 짐작하고 또 준비했던 까닭에, 심적으로 흔들리지 않았다고 여기고 있었건만, 아무래도 일부 당혹감이 섞여있었던 모양이었다.

그를 통해서 탄생한 빛과 어둠의 정령들을 떠올리며 내어놓은 답변이건만, 그 내용이 생각 이상으로 짧았고, 단어 선택에서도 적잖은 실수가 있었다.

"아… 아이라니…."

제니스의 표정에서 가볍지 않은 오해가 섞여든 것 같았지만, 잠시간의 생각 끝에 침묵하기로 결정했다.

'…틀린 말은 아니니까.'

생각해보면 언젠가는 정말로 그 같은 관계가 될 거라 여기고 있었다. 지금보다 조금만 더 정열적인 시간을 보낸다면, 그 같은 관계가 되는 것도 시간문제일 뿐이리라.

그렇게 침묵으로 일관하고 있을 즈음,

"누구 마음대로 애 아빠래!"

갑작스런 외침과 함께 누군가 그들 사이로 끼어들었다. 제니스로서는 생전 처음 보는 여인이었는데, 놀라울 정도로 그 미모가 뛰어났다.

눈이 부시다는 표현은 이럴 때 써야하는 걸지도 모른다는 생각과 함께, 여인의 정체에 대해 의문을 떠올리고 있을 때였다.

"반가워요. 내가 바로 그 사람의 '본처' 인 셰릴이라고 해요."

"…네… 예?"

대체 어디서 나타난 것일까에 대한 의문은 둘째 치고, 여인이 내뱉은 이야기가 너무도 충격적이었다.

'본처?'

일순간 이해가 되질 않았다.

잘 못 들은 줄 알았다.

"그… 사람이라고 하시면…?"

당혹감에 그리 묻자, 여인이 활짝 웃으며 대답했다.

"그야 당연히 그쪽 오빠죠. 제니스 양 맞죠? 첫 만남은 좀 더 인상적이게 준비하려고 했는데, 이 여우같은 아줌마가 되도 않는 소리를 하기에, 참을 수가 없어서 나서버렸네요."

충분히 인상적이라는 걸 말해줘야 할까?

한 줄기 의문 속에 제니스가 홀로 고민하고 있을 때, 셰릴이 불쑥 손을 내밀어왔다.

"한 동안 저도 이곳에서 머물 생각인데, 앞으로 잘 부탁할게요."

다시 생각해봐도 인상적인 첫 만남이었다.

멀찍이서 그들의 대화에 귀를 기울이고 있던 또 다른 여인, 프레이의 손 위로 힘줄이 일어섰다.

빠각…

겨우 새 생명을 불어넣었다가, 다시금 그 명을 달리하는 빗자루의 장렬한 최후 속에서, 그녀의 눈가에 불꽃이 튀어 올랐다.

'…저 년은 또 뭐야?'

빈민가 한편의 자그마한 검술원 속으로 지금 막 태풍이 상륙하는 순간이었다.

7. 진실의 무게.

7. 진실의 무게.

에던은 갑작스레 밀려든 오한에 의문을 느끼며 고개를 갸웃거리다가, 이내 목표물의 등장에 상념을 거둬들이며 자세를 가다듬었다.

전방으로 상당한 규모의 무리가 다가오고 있었다.

얼핏 일천 남짓?

과거였다면 감히 저 앞을 가로막는다는 건 생각도 하지 못했을 것이다.

하지만 지금은 달랐다.

너무나도 느긋한 걸음걸이로 그들의 전방으로 걸어갔고, 태연한 모습으로 저들의 반응을 기다렸다.

"뭐야?"

"이 새끼가 돌았어?"

에던의 등장에서 이미 그들에게 목적이 있다는 걸 짐작한 듯, 대뜸 욕지거리가 쏟아져 나왔다.

입 꼬리가 절로 올라갔다.

저들의 격렬한 반응들은 그가 제대로 찾아왔다는 걸 깨닫게 해 주는 까닭이었다.

"체로난 말튼."

확실하게 하기 위해 하나의 이름을 입에 올렸다.

차차차차창…

각장 병장기들이 뽑혀 나오는 소리가 요란하게 들려왔다. 에던은 그 각양각색의 병장기들 속에서 흔치 않는 병기들을 확인하며, 새삼 이들의 정체에 대해 떠올렸다

[용병!]

그리고 그가 언급한 이름은 저들 무리를 이끄는 수장이었다.

저 같은 격렬한 반응이 전혀 어색하지가 않았다. 오히려 당연하게 느껴진다고나 할까?

고개를 끄덕이던 그가 마침표를 찍기 위한 도발을 띄웠다.

"에던 운트, 사신은 어디에 있지?"

헌데, 그 내용이 기이했다. 에던 본인이 에던에 대해서 묻고 있는 것이다.

이유인 즉,

저들 용병들은 '가짜' 사신을 따르는 용병들이었다.

'뭐… 제 놈들은 진짜라고 믿는 모양이지만.'

혹은 믿고 싶은 것일지도 몰랐다.

얼핏 보기에도 일천 남짓의 병력은 무시무시했다. 이 모든 게 용병왕이라는 이름으로 모은 동쪽 대륙의 용병들이었다.

당연하게도 그 규모에 맞게 영향력도 커질 수밖에 없었고, 그에 따라서 주변에서 그들을 대하는 태동 역시도 변해갔다.

이에 취한 용병들은 저 멀리서 들려오는 마왕의 소식에도 불구하고 사신을 입에 올리고 목청 터져라 외치며, 하루하루 그들의 몸집을 불리고 규모를 늘려가고 있었다.

거짓을 진실로 만들기 위한 발악이며 아우성이었다.

그런 이유로 인해 이곳 동대륙에서 만큼은 마왕이 아닌 사신의 칭호가 더욱 크게 부각되고 있기도 했다.

"감히 왕의 신성한 이름을 함부로 입에 담다니, 네놈을 가만두지… 컥!"

앞서있던 용병들 중 한명이 성난 외침과 함께 앞으로 나섰으나, 이내 내딛던 걸음보다 빠르게 뒤로 튕겨져야만 했다.

"어휴… 신성은 무슨, 소름 끼치게. 쯧!"

특히, 그 같은 단어를 털복숭이 사내에게 들었다는 게 더 오싹한 부분이었다. 에던은 인상을 한껏 구기며 몸서리를 쳤다.

'뭐지?'

'뭐야?'

'뭐가 어떻게 된 거야?'

이리저리 몸서리를 치며 조금은 가볍게 행동하는 에던의 모습과 달리, 용병들의 공기는 더없이 무겁게 가라앉고 있었다.

앞서 나섰던 동료가 어떻게 당한 것인지, 정확히 파악하지 못한 까닭이었다.

그들도 나름 업계에 발을 담그고 제법 험한 꼴을 보면서 지낸 용병들이었다.

개중에는 경력이 짧고 부족한 이들도 있겠지만, 그렇다고 해서 '보는 눈'이 전혀 없는 건 아니었다. 작게나마 경험들이 있었고, 이를 통해서 용병의 기본 정도는 갖추고 있는 까닭이었다.

때문에 인지의 영역을 벗어났던 조금 전 사건에 대해 의문과 함께 경계심을 키울 수밖에 없었다.

한 순간 보여준 불가해의 영역은 눈앞의 사내를 크게 부풀려갔다. 홀로 그들의 앞을 막아선 이유마저도 자신감으로 이해되기 시작했다.

경계심은 한층 커졌고 그에 따르듯 자세는 더욱 안정되어 갔다.

'제법이네.'

에던은 작게 고개를 끄덕였다. 어디서 오합지졸들만 모아놓은 줄 알았더니, 그게 아닌 모양이었다.

'뭐… 쓸 만한 수준이라고 할 정도는 아니지만.'

중간중간 자세가 불안한 이들이 보였고, 흔들리는 눈빛도 비쳤다.

'하긴, 암전 놈들이 끼어있는데, 저 정도는 해 줘야지.'

충분한 조사가 이뤄졌다.

레드문의 정보력뿐만 아니라, 이곳 대륙을 대표하는 명가인 드라필만의 정보력까지 더해진 내용이었다.

특히, 전 대륙을 상대로 움직이는 레드문과 달리, 드라필만은 철저하게 동대륙의 조사에 집중해서 결과를 내어놓았다.

대륙적으로 뻗어나가고 있다고는 하나, 결국 그들은 아직 동대륙이라는 영역을 벗어나기에는 무리가 있었다.

비록 전문 정보단체인 레드문에 비해 요원의 수준이나 정보력은 떨어질 수 있겠으나, 오히려 집중력은 드라필만이 더 높았다.

이는 즉, 양적으로도 질적으로도 정보의 완성도가 높다는 뜻이었다.

그렇게 완성된 정보를 토대로 이곳까지 한달음에 달려왔다. 중앙대륙에서 동대륙까지, 대륙을 넘어서는 달음박질이었던 만큼, 이곳에 이르렀을 즈음에는 그 역시 제법 지쳐야만 했다.

저들 용병들이 도착하는 동안 짧게나마 휴식을 취하지 않았더라면, 조금쯤은 지친 기색을 내비쳤을지도 몰랐다.

'체력도 적당히 회복했으니.'

쓸데없는 대화로 기운을 빼고 싶지는 않았다.

"대가리에게 직접 물어야겠군."

그 말과 함께 에던이 걸음을 내딛었다.

훌쩍!

순간, 에던의 신형이 살짝 떠오른다 싶더니, 어느새 전방의 용병의 어깨를 밟고 있었고, 용병이 그 무게감을 느끼기도 전에 이미 그를 넘어서 후미로 달려가고 있었다.

파파파팍…

마치 곡예를 하듯, 에던은 그렇게 용병들의 어깨와 머리를 밟고 넘으며 순식간에 목적지로 향했다.

'체로난 말튼!'

사신이라는 거짓된 명성에 기대어 이들 용병들을 이끌고 있는 사내가 보였다.

'암전의 개!'

좀 더 정확히는 그들이 부리는 '사냥개' 로써, 그 위치에 걸맞게 실력 하나만큼은 확실한 '특급' 의 용병이었다.

동대륙에 거짓된 사신을 탄생시킨 뒤, 암전이 최우선적으로 한 행동이 바로 사냥개들의 목줄을 풀어주는 것이었다.

어둠 속에서만 활동하던 사냥개들을 세상 밖으로 끌어내어, 그들 개개인의 능력과 사신이라는 명성을 토대로 동대륙의 용병들을 모은 것이다.

'한동안은 조용히 있을 생각이니까.'

정확히 목표물만 제거하고 갈 생각이었다.

거기까지의 과정에서 '사신'을 언급하고, 저들을 이끄는 사냥개를 입에 담는 건, 이 상황을 지켜보는 용병들에게 보내는 경고이며, 동시에 저들의 입에 소문을 담기 위한 작업이었다.

이번 사건에서 '인세의 마왕'은 중심이 되어선 안 된다.

[사신, 운트!]

그와 관련된 일들이 소문의 중심으로 결정되어야 할 것이고, 이를 통해서 동대륙 자체적으로 진실과 거짓을 판별할 수 있는 판단력을 일깨워 줄 계기가 된다면 충분했다.

인세의 마왕이 본격적으로 언급되는 건 진실의 눈이 뜨인 이후일 것이고, 그 즈음이면 대륙 전쟁의 '꾼'들도 그의 판돈에 관심을 기울이고 있을 터였다.

레일라의 조언을 얻고서 세운 계획이니 만큼, 높은 확률로 그리 될 거라 믿고 있었다.

사실, 사냥개들만 처리하는 거라면, 굳이 그가 움직일 필요는 없었으나, 이처럼 대규모 병력의 이동 속에서 정확히 목표물만 사냥하기 위해서는 결국 그가 움직일 수밖에 없었다.

오합지졸을 모아놓는다고 해도 일천의 병력이면 결코 무시할 수 없는 전력이었다.

레드문에서 자랑하는 여왕의 가시나 드라필만의 고위기사들도 일천용병 속에서, 노리는 목표물만 처리하는 건 쉽지 않을 터였다.

어쩌면 불가능에 가까울지도 몰랐다.

그 두 세력에서도 손꼽히는 실력자들만이 가능한 일이라는 에던의 판단이었고, 결국 스스로 움직이기로 결정하며 '외출' 을 하기에 이른 것이다.

'저놈이군.'

멀리, 목표물을 확인한 에던이 훌쩍 신형을 날렸다.

"체로난 밀튼!"

선이 굵은 사내, 체로난이 긴장어린 얼굴로 에던을 바라봤다. 짧은 순간 용병들을 건너뛰며 다가오는 에던의 모습에서 '격의 차이' 를 느낀 까닭이었다.

그 주변의 용병들도 이 같은 느낌을 받은 모양인지, 병장기를 쥐고 긴장어린 얼굴로 에던과 거리를 잡고 있었다.

그들의 시선을 하나하나 감당하며 에던이 물었다.

"사신을 아나?"

이에 체로난이 긴장으로 딱딱하니 굳은 얼굴 그대로 고개를 끄덕였다. 에던이 이를 드러내며 웃었다.

그리고는 재차 물었다.

"에던 운트를 아나?"

체로난의 고개가 재차 위아래로 움직였다. 이번에는 에던이 크게 목소리는 높여 웃었다.

"그는 어디에 있지?"

뒤이어 한 차례 더 물음을 던졌다. 체로난이 힘겹게 입을 열어 답했다.

"말해 줄 수 없다!"

"그렇겠지. 너는 그가 어디에 있는 줄 모르니까."

답과 동시에 말을 받은 에던이 검을 잡았다. 그리고 연극의 마무리를 위한 대사를 외쳤다.

"너는 사신을 모른다!"

그리고 사자검이 뽑혔고, 죽음이 피어났다.

어느 누구도 검이 뽑히는 것도 움직이는 과정도 그 결과가 피어나는 순간도 볼 수 없었다.

그저 갑자기 혈향이 나는가 싶더니, 체르난이 무너지는 모습을 확인한 게 전부였다.

의문과 당혹감이 동시에 들고 이내 두려움과 공포가 뒤따랐다.

갑작스레 등장한 불청객이 그들의 수장을 단 일격에 베어버린 것이다. 게다가 그 결과를 통해서 '베었다' 라고 추측만 할 뿐이지, 실제 그 과정을 본 건 아니었기에 더욱 두려운 것이었다.

에던은 얼어버린 용병들을 찬찬히 돌아본 뒤, 경사진 산길을 향해 훌쩍 몸을 띄웠다.

낙차 폭이 큰 곳도 있었지만, 에던은 마치 산보를 하듯 느긋한 걸음걸음으로 그 모든 곳을 뛰어넘으며, 유유히 용병들의 시야 바깥으로 사라져갔다.

그리고,

단, 한명의 존재에게 제압당해버린 일천의 용병들은 그제야 안도의 한숨을 내쉴 수 있었다.

당연하게도 이 사건은 그들의 입과 입을 통해서 업계로 퍼져나갈 것이고, 동대륙의 용병계는 크게 흔들릴 게 분명했다.

[너는 사신을 모른다!]

에던이 내뱉은 그 마지막 대사는 분명 저들의 뇌리 깊숙이 각인되었을 것이고, 자연히 암전이 벌이는 가면놀음을 엉망으로 헝클어 놓을 터였다.

물론, 그러기 위해서는 좀 더 다양한 사건들이 필요했고, 에던은 이를 위해서 더욱 열심히 뛸 수밖에 없었다.

당연하게도 이 정도로 일을 벌려놓으면, 그에 대해서 알려지는 것도 오래 걸리지 않을 터였다.

한동안 조용히 있으려던 계획이 어긋나는 것이지만, 크게 신경 쓰지 않았다. 어차피 판돈을 확인하고 배팅이 시작되는 시기까지만 그의 활동이 알려지지 않으면 되는 것이기 때문이었다.

그의 말만 믿고 안심하던 레드문의 요원들에게는 날벼락 같은 상황인지라, 그들에게는 미안한 마음이 있었지만, 레일라와 나눈 대화와 세워놓은 계획들을 생각한다면, 침묵하는 와중에도 걸음이 멈춰서는 안 되는 것이다.

게다가 이 같은 그의 행동은 이번 사태를 주시하고 있던 이들로 하여금 좀 더 많은 생각을 하게 만들 터였다.

특히, 암전과 대립하는 세력 및 단체 그리고 왕국들에게는 선택의 기회를 제공해줄 수도 있었다.

거기까지 생각하던 에던이 슬쩍 울상을 지으며 앓는 소리를 뱉어냈다.

"끄응… 어쩌다 이렇게 된 건지."

사실, 본심을 이야기 하자면 이번 침묵의 시간을 빌어서 정말 제대로 쉬어 줄 생각이었다.

하지만 레일라가 그의 등을 떠밀면서, 어쩔 수 없이 움직여야만 했다.

"끄응…."

에던은 연신 앓는 소리를 내며 다음 목적지로 뛰었다.

그리고,

이 날을 기점으로 거짓된 이름아래 허상을 쫓던 동대륙의 그릇된 무리들은, 진실의 무게아래 철저한 응징을 받아야만 했다.

❖ ✣ ❖

[인세의 마왕!]

오랜 세월을 건너, 새롭게 탄생한 용병들의 왕을 부르는 칭호 중 하나로써, 이처럼 불리던 당시 워낙 큰 사건과

얽매였던 까닭인지 대부분의 대륙에서 주로 언급하는 단어가 '마왕' 이기도 했다.

하지만 유일하게 마왕이 아닌 사신을 더 자주 입에 담는 대륙이 있었으니, 그곳이 바로 최초 사신이 등장했던 장소인 동쪽 대륙이었다.

거기에서 만큼은 '사신' 이 '마왕' 을 앞지르고 있었는데, 이는 이곳 동쪽 대륙에서 활동하는 또 다른 '왕' 의 존재로 인한 여파였다.

[사신, 운트!]

스스로를 그리 칭하는 존재는 분명 적지 않았다.

용병들의 왕이라는 독특한 위치로 인해, 스스로를 증명하기가 쉽지 않은 만큼, 가짜가 판을 치는 것도 이상한 일은 아니었다.

하지만 그들 중 어느 하나 그 이름을 장기적으로 유지하는 경우는 드물었다.

그 실력을 증명하지 못해, 이리저리 도망 다니며 활동하거나, 길드에 잡혀 그 거짓된 연기의 벌을 받아야만 했던 까닭이었다.

게다가 티브릭샨에서 발생했던 왕의 등장과 뒤이어 리디그락산에서부터 시작되었던 본격적인 왕의 징벌로 인해, 더더욱 어깨를 움츠리며 모습을 감춰야만 했다.

그런 와중에 동쪽에서 당당히 사신을 칭하며 스스로를 증명하는 사내가 나타났다.

당연하게도 그 이름은 '에던 운트' 였고, 왕의 위치에 걸맞게 뛰어난 실력 역시도 보유하고 있었다.

거기에는 용병들을 향한 증명 외에도 뛰어난 기사들을 비롯하여 몬스터나 유명 범죄자들도 여럿 포함되어 있었다.

특히, 고위기사를 압도하던 부분이 결정적이었다.

그들 용병의 왕이었으나, 기사를 상대로 했을 때에야 비로소 그 증명이 완성되는 부분이 우스웠지만, 어찌되었건 그렇게 인정을 받으며 용병들의 주목을 받게 되었다.

그 때문인지 저 멀리 마왕의 소식을 들으면서도 가까운 사신을 더욱 믿고 따르려 들었다.

게다가 사신 스스로 세력을 일구려는 움직임을 보여주기도 한 만큼, 왕의 그늘 아래에서 거친 풍파를 버텨내고 싶은 용병들이 하나 둘 몰려들기 시작했다.

"동쪽의 사신이야말로 진짜다!"

"그러니까 말이야. 게다가 사신은 이곳 동쪽 태생이잖아."

사신의 태생이 동쪽인지 아닌지에 대한 정확한 정보 따위는 없었다. 그저 사신이 최초로 그 명성을 알리던 장소가 동쪽 대륙이었다는 게 중요할 뿐이었다.

진실이 어찌 되었건 상관하지 않았다. 제 입맛에 맞춰서 간을 보고 양을 조절하며 이리저리 모양을 꾸며댔다.

그런 식으로 그럴싸한 맛과 향을 풍기게 되니, 자연스레 꽃에 벌이 꼬이듯 용병들이 몰려들었고, 단숨에 세력의 기틀을 잡아갔으며, 순식간에 체재까지 잡혀버렸다.

용병들의 자유분방한 성격으로 인해, 일천 남짓까지가 그들이 허락할 수 있는 몸집의 크기였지만, 그 정도 수준이면 업계에서는 단연 최강이라 해도 과언이 아니었다.

이런 식으로 완성된 덩치들을 동대륙 곳곳에 배치하기 시작했다.

각 덩치들을 이끄는 머리는 달랐지만, 그들을 통합하는 존재는 오로지 사신 한 명뿐이라는 게 중요한 부분이었다.

마왕의 소문은 변함없이 들려왔고, 그의 행동과 발언 그리고 경고 역시도 놓치지 않았다. 그럼에도 불구하고 외면하며 그들의 정점을 위해 움직임을 멈출 수 없었다.

이미 흐르기 시작한 물길이 거침없는 낙차를 자랑하며 쏟아지듯 떨어져 내리고 있던 까닭이었다.

과연, 이 물길이 바다로 향하는 것일까?

어쩌면 다른 어딘가에 고여 버리는 것은 아닐까?

그런 우려가 깊어지는 이들이 하나 둘 속출하던 찰나, 생각지도 못했던 사건이 발생했다.

[습격자!]

무려 일천이나 되는 용병들 사이로 파고들며, 그들 세력의 수장격이라 할 수 있는 이들만 집중적으로 골라가며 사냥하는 존재가 등장한 것이다.

일반 용병들은 건드리지 않은 까닭에, 당시 상황에 대해 낱낱이 전해졌고, 그로 인해서 그간 외면해왔던 '진실'을 다시금 되새기고 상기하며 파헤치게끔 만들었다.

[너는 사신을 모른다!]

습격자의 이 외침을 듣지 못한 이들이 없었고, 그 때문에 더더욱 수장에 대한 의문과 사신에 대한 의심을 피하기가 어려웠다.

당연하게도 이 같은 용병들의 반응은 칠성좌의 입장에서는 달갑지 않을 수밖에 없었다.

데오테른 왕국의 메세티안 람 데오테른 국왕!

이곳 동대륙 칠성좌의 중인이자 이번 계획의 실질적인 주도자인 그는 마치 떨떠름한 얼굴로 창밖을 응시했다.

"결국 이렇게 되는군."

소식을 전해 듣고 분노하기 보다는 일단 한숨을 먼저 흘렸다.

이번 계획을 주도하기는 했으나, 실상 그가 기획한 계획은 아니었던 까닭에, 그 실패에 대한 분노가 깊지 않은 것이다.

"습격자의 정체는… 에던 운트일 테지."

그만한 실력자가 흔한 게 아닌 만큼, 충분히 짐작할 수 있는 부분이었다.

"별 볼일 없는 용병이라고 생각하고 건드렸더니, 그리폰의 꼬리를 밟은 격이었군. 흠…."

왠지 입맛이 쓰다는 생각과 함께, 용병들의 상황에 대한 보고서를 읽어나갔다.

당연하게도 그 규모가 상당부분 줄었다는 소식과 함께, 여전히 빠져나가는 이들에 대한 이야기가 가득했다.

그뿐만이 아니었다.

왕의 외침으로 인해 주춤하던 용병전력을 이들로 보충하려던 획 역시도 무산되어 버렸다.

당연하게도 암전과 뿌리의 입장에서는 더더욱 달갑지 않은 소식일 수밖에 없었다.

'뭐… 결국, 동대륙에 한정된 이야기지만.'

전 대륙을 대상으로 할 만한 규모는 아니었고, 이미 다른 대륙에서는 사신이 아닌 마왕이 중심에 있는 상황이었다.

계획 실행에 무리가 있었다.

"에던 운트란 말이지…."

수차례 그들 암전을 방해하며 뿌리를 흔들어 놓고 칠성좌를 뒤집어놓은 존재였다.

하지만 어쩐 일인지 메세티안은 그 이름을 입에 담으면서도 분노의 불씨가 비치질 않았다. 오히려 떨떠름하던 미소가 점차적으로 부드럽게 변해가고 있었다.

"타이밍이 좋다고 해야 하나."

이유를 묻는다면 간단했다.

"칠성좌라… 이면의 주인이니 뭐니 해도 결국에는 너무 오래 고여서 썩어버린 물이지."

그 역시도 암전의 배반자들과 마찬가지로 칠성좌와 뿌리를 부정하는 까닭이었다.

이유라면 여러 가지를 들 수 있었지만, 가장 중요한 건 결국 칠성좌라는 위치가 '허상' 이라는 걸 알기 때문이었다.

'결국, '그' 를 위해서 마련된 무대일 뿐이지.'

딱 한 차례 마주했을 뿐이지만, 지금도 그 당시에 느꼈던 짜릿한 전율과 감각들이 잊혀지지 않았다.

오로지 칠성좌의 주인들만이 아는 존재.

'…첫 번째 무덤의 주인!'

그 정확한 정체에 대해서 아는 건 없었다.

단지, 칠성좌를 비롯하여 뿌리와 암전의 모든 기획이 그의 머리에서 나왔고, 그로 인해서 이뤄졌으며, 그의 의지로 완성되었다는 것이었다.

그나마 다행이라면, 그 절대자는 '왕의 무덤' 에서 나오지 못한다는 점이었다.

명확한 이유를 알 수는 없지만, 그는 무덤을 나오지 않았고, 때문에 칠성좌는 그를 향해 '유령왕' 이라 부르고는 했다.

물론, 무덤을 나서지 못한다는 부분 때문에, 그저 허상처럼 여겨지는 존재이기에 무시하면 되는 존재였으나, 중요한 건 칠성좌라는 위치 역시도 그와 마찬가지로 허상이나 다를 게 없다는 점이었다.

'음지에서만 목소리를 높이는 것도 지긋지긋하니까.'

때문에 이번 반란이 그에게는 오히려 기회처럼 여겨지고 있는 실정이었다.

'언제 오나 싶었더니, 드디어 오는군.'

사신의 소식을 듣고 에던이 찾아오는 것 역시 기대하고 있었다. 그가 등장해야 칠성좌로써의 움직임을 축소시킬 수 있었고, 당연하게도 데오테른의 국왕이라는 자리에 집중할 수 있을 터였다.

그는 허상과 거짓으로 꾸며져 있는 이면의 세상에서 빠져나올 생각이었다.

데오테른!

늦은 감이 있었지만, 이제라도 그의 뿌리에 충실할 생각이었고, 그런 의미에서 이번 반란은 암전에 커다란 피해를 입히면서 끝을 맺어야만 했다.

'그러니 부디… 좀 더 날뛰어 주게, 인세의 마왕이여.'

일곱별의 조각이 아닌, 오롯한 하나의 별이 되기 위해서라도, 지금은 좀 더 짓밟혀질 필요가 있었다.

❖ ✣ ❖

멀찍이 검술원의 모습이 보일 즈음, 에던은 마른침을 꼴깍 삼키며 걸음을 멈춰야만 했다.

그와 동시에 왔던 길을 되돌아가는 상상도 해 봤지만,

이내 여동생이 기다리고 있다는 생각에 애써 전방으로 걸음을 내딛어야만 했다.

'셰릴….'

일찌감치 그녀의 존재를 인지했고, 그와 동시에 검술원의 서늘한 공기를 맡아버렸다.

때문에 걸음걸음마다 힘이 빠져나갔지만, 결국 그는 목적지에 다다랐고, 어렵사리 그 문을 밀어낼 수 있었다.

예상했던 그대로의 풍경이 눈앞에 펼쳐진 상태였는데, 이해할 수 없는 건 셰릴의 위치였다.

'…뭐지?'

처음 셰릴의 존재를 느꼈을 때, 이 서늘한 공기의 원인을 '프레이' 로 짐작하고 있었다.

그녀가 에던을 향해서 어떤 감정을 품고 있는지, 이제는 모르지 않는 까닭에, 이 부분에 대해 셰릴이 불쾌감을 드러내며 검술원의 공기를 한없이 낮추고 있다고 여긴 것이다.

하지만 이게 웬일?

그간 제법 사이가 좋아졌다고 여겼던 셰릴과 레일라가 치열한 눈싸움을 벌이고 있는 것이 아닌가.

더욱 예상을 벗어나는 건, 그들 두 여인의 사이에 끼어있는 여동생의 존재였다.

'끄응… 뭐야, 대체?'

정확히 어떤 상황이라 판단하기는 어려웠지만, 왠지 동생과 관련이 있다는 것 정도는 짐작할 수 있었다.

"후우…."

저도 모르게 새나오는 한숨을 주체하지 못할 때, 이제야 그의 등장을 알아 챈 듯, 셰릴과 레일라가 눈싸움을 중단하며 그에게로 시선을 던져오고 있었다.

하지만 에던은 그들 두 여인의 시선을 마주하기 보다는 그 너머로 눈길을 보냈다.

'…누구?'

처음 보는 미부인이 그들 두 여인 너머에서 헤일러와 담소를 나누고 있었는데, 에던은 그 미부인을 보며 적잖게 놀라야만 했다.

[초월자!]

놀랍게도 미부인은 별의 영역에 이른 특별한 존재였다.

설마, 셰릴과 레일라 그리고 프레이 외에 여인의 몸으로 별빛을 품은 존재가 있을 거라고는 생각을 못했던 까닭에, 그 놀람은 더욱 클 수밖에 없었다.

짧은 순간 에던의 머릿속으로 많은 생각이 오갔고, 그 와중에 놀랍게도 하나의 답안이 떠올랐다.

'…밤의 여왕?'

좀 더 정확히는 현 레드문의 수장이 아닌, 전대의 수장을 의미하는 것이었다.

일순, 에던의 시선이 셰릴에게로 향했다.

'확실히….'

닮은 느낌이 있었다.

미부인과 셰릴의 모습이 거짓말처럼 겹쳐지는 것 같다는 착각을 받았다. 그들 두 여인의 기운이 닮아있던 까닭에 일어난 착시현상이었다.

저도 모르게 눈을 비비고 있을 때였다.

"이거야 원. 설마, 여기서 만나게 될 줄이야."

그의 뒤편에서 굵직한 음성 하나가 밀려들었다. 에던이 눈을 동그랗게 뜨며 뒤를 돌아봤다.

[오랜만에 만나는 딸내미니까. 좀 놀려줘야지.]

황당한 말과 함께 대뜸 몸을 숨겼던 '동행인'이 대뜸 모습을 드러냈음에, 의아한 마음에 돌아보게 된 것이다.

순간, 에던에게 시선을 던져 보내던 두 여인들 중 한명이 눈을 동그랗게 떴다.

"아빠?"

레일라의 의문성 섞인 외침에, 에던의 뒤에 나타났던 사내가 씨익 웃으며 손을 흔들었다.

[루드말 드라필만!]

저 멀리 동쪽을 대표하는 초월자이자, 가장 환한 별빛의 수호자로 알려져 있는 절대자의 등장이었다.

에던은 활짝 웃는 루드말을 바라보다 다시금 미부인에게로 시선을 던진 뒤, 이내 헤일러와 셰릴 그리고 레일라를 돌아보고는 저도 모르게 헛웃음을 터트려버렸다.

빈민가 한편의 허름한 검술원!

그 안에 너무도 많은 별빛이 내려앉아 있었다.

장을 보러 나간 프레이까지 더한다면?

'그야말로… 별들의 사원이네.'

어쩌면 지금 이곳이야말로 대륙에서 가장 강력한 장소가 아닐까?

감히 짐작컨대,

한 국가를 전복시키기에도 부족하지 않을 것 같았다.

❖ ✣ ❖

에벨린과 마르센 그리고 라카타루!

그들이 벌였던 삼국전쟁 이후 많은 변화가 발생했는데, 그 중에서도 가장 결정적인 걸 꼽으라고 한다면, 에벨린 왕국의 도약과 그 이상으로 넓게 뻗어나가는 드라필만의 외침이었다.

검의 명가로써, 이미 알만한 이들은 다 아는 세력이 드라필만 가문이었으나, 지난 전쟁을 통해 그들은 일개 가문의 역량을 넘어, 왕국을 좌우할 수 있을 정도의 발언권과 영향력을 지니게 되었다.

그로 인해 대륙적으로도 목소리를 높일만한 위치까지 올랐고, 이미 동대륙의 명가가 아닌, 전 대륙적인 명문으로 오롯이 설 수 있었다.

이 같은 가문의 영광을 일궈낸 까닭일까?

드라필만 내에서 루드말의 위치는 그야말로 절대적이라

할 수 있을 정도였고, 왕국의 위상을 높인 이유로 인해 에벨린 자체적으로도 그의 영향력은 실로 어마어마한 수준이었다.

과할 정도로 많은 걸 이뤄냈다.

그래서일까?

"확실히 이 정도면 나도 할 만큼 했네."

루드말은 그 같은 이야기와 함께 슬슬 은퇴를 준비하기로 결심했다.

갑작스러운 그의 행보에 식솔들이 당황하는 건 당연한 수순이었다. 아직까지는 가족들에게만 이야기를 전한 상태였지만, 오래지 않아 가솔들은 물론이고 왕국과 대륙 전역으로 퍼져나가게 될 터였다.

당연하게도 가족들의 반대가 이어졌지만 루드말은 한마디로 이를 정리했다.

"나도 좀 쉬자."

확실히 그 말처럼 루드말이 가주로 있으면서, 그가 제대로 휴식을 취했던 시간은 그리 많지 않았다.

물론, 나름대로 외부사건을 처리하면서 이리저리 돌아다니며 여유를 가졌던 적이 있기는 했지만, 제대로 된 휴식을 취한 시간을 꼽아보자면 생각보다 그 횟수가 적었다.

게다가 에벨린 왕국의 내부의 곪은 부분들이 드러나기 시작하던 요 몇 년 동안은 휴식이나 여가시간은 그와 거리가 먼 이야기가 되어 있었다.

"내 나이도 벌써 60을 넘었다. 이제는 좀 쉬어도 되잖아."

청춘을 제대로 마무리 짓기도 전에 가문을 이어받아, 무려 40년에 가까운 세월을 이끌어왔다.

다른 귀족가나 명가를 생각해본다면, 앞으로도 10년 정도는 더 머물러도 되겠으나, 루드말의 생각은 그들과 달랐다.

"엉덩이에 땀띠 날 것 같아서 더는 이 자리에 못 앉아 있겠다."

그러며 장남을 정식 후계로 밝혔다.

"벌써 그 녀석 나이도 40이다. 아직도 후계자 소리나 듣고 있으면 민망하잖아."

당연하게도 그저 장남이라는 이유만으로 정식 후계로 인정한 건 아니었다. 장남 외에도 후계자로써 활동하던 아들들이 있었지만, 그 중에서도 가장 뛰어났던 게 장남이었을 뿐이었다.

그 실력부터 시작해서 가문 내에서의 인망이나 주변을 포용하는 능력까지, 가문을 이끌기에 가장 합당하다 싶은 아들을 '정식' 후계자로 임명한 것이다.

'크라우말 녀석이 두각을 보이기는 했지만….'

가문의 주인으로써는 아무래도 부족함을 느꼈다.

한 때, 그 재능에 취해 제대로 된 수련을 등한시하던 모습으로 인해, 가문 내에서의 영향력도 생각보다 미비했다.

물론, 뒤늦게 그 재능에 노력을 덧씌우며, 잠재력을 한껏 발산했지만, 이는 순수하게 '검의 영역'에 한정되어 있었다.

'그나마도 에덴 그 녀석 덕분에 사람구실은 하게 됐지.'

현 대륙을 가장 크게 떨쳐 울리고 있는 초월자, 에덴과의 인연으로 인해 스스로의 부족함을 깨닫고 잠재력을 폭발시키기에 이르지만, 딱 거기까지였다.

'가문의 수호검!'

크라우말의 재능이라면 언젠가는 '벽'을 넘어 '별'을 품게 될 거라 여겼다.

가문의 주인이 될 만한 재목은 아니었으나, 가문의 방패가 되기에는 충분할 거란 생각이었다.

그가 홀로 감당하던 역할을 나누려는 것이다. 이 같은 결정으로 인해 차후에 문제가 발생할지도 모른다는 우려도 있었지만, 장남의 지도력과 크라우말의 성격을 생각한다면, 그저 우려로 끝날 확률이 높은 부분이었다.

'뭐… 그래도 조금쯤은 대책을 세워놔야겠지만.'

루드말은 이런저런 조치들을 취하는 한편, 적당한 시기를 보고 있었다.

[공백의 기간!]

가문에서 가주가 사라지고 후계자가 그 역할을 도맡아 하는 시간으로써, 드라필만의 계승절차 중 하나였다.

이를 위한 기회를 재고 있던 찰나, 흥미로운 소식이 날아들었다.

"그 녀석이 온단 말이지."

흥미로운 소식을 전해 받았다.

[에던 운트!]

인세의 마왕이라 불리는 한편, '시대의 초월자' 라고도 여겨지는 사내가 동대륙의 사신을 찾는다는 이야기에, 드디어 기다리던 시기가 왔음을 깨달았다.

[별들의 만남!]

나름 내세울만한 명분이었고, 큰 문제없이 가문에서 발을 뺄 수 있는 시간이었다.

"한팔 거들어주고 올게."

뒤이어 에던의 이동에 합류했고, 그렇게 검술원까지 흘러들어 온 것이었다.

물론, 결과적으로 이야기하자면, 그가 도착했을 즈음에는 이미 에던이 모든 일처리를 끝낸 상황이었다.

'아무렴 어때.'

최초 목적인 가솔들에게 '공백의 기간' 을 들키지 않았다는 게 중요할 뿐이었다.

그리고,

저 멀리 목적지가 시야에 들어왔을 즈음,

"오랜만에 만나는 딸내미니까. 좀 놀려줘야지."

그처럼 말하며 몸을 숨겼다. 명문 검가의 주인이라고 하나, 워낙 자유분방했던 성격 때문에, 그는 다양한 기예들을 배웠고, 거기에는 은신에 관한 목록도 포함되어 있었다.

제법 그럴싸한 방식으로 기척과 모습을 감춘 뒤, 조용히 레일라를 골려 줄 생각이었다.

하지만 생각지도 못한 존재의 등장으로 인해, 잠시 호흡이 흐트러졌고, 이를 깨닫자 미련 없이 모습을 드러냈다.

"이거야 원. 설마, 여기서 만나게 될 줄이야."

쓰게 웃는 그의 눈가에 아련한 무언가가 스쳐갔다.

그녀,

한 때는 밤의 여왕이라 불렸던 여인.

"체넨…."

기억 속 그녀의 이름을 입에 담으며 걸음을 내딛었다.

루드말의 등장과 나직한 부름에 미부인, 체넨 역시도 헤일러와의 대화를 중단한 뒤, 그를 향해 시선을 던져오고 있었다.

그러더니 대뜸 한마디를 던진다.

"늙었네."

"쿨럭…."

갑작스런 일격에 루드말이 헛기침을 터트렸다.

확실히 별을 품고 남다른 젊음을 쟁취하기는 했지만, 그의 나이도 어느새 60을 넘어 그 중반을 향해 달리고 있는 상황이었다.

인정하긴 싫지만, 분명한 노화과정이 진행 중인 것이다.

물론, 그럼에도 불구하고 별을 품은 육신으로 인해, 여전히 외모만큼은 40대 끝자락을 맴돌고 있다고 자부했다.

하지만 체넨과 비교한다면 부족해도 한참이나 부족한 부분이었다.

"당신은… 여전히 젊군."

과거에도 그랬지만, 지금도 찬란한 청춘이 그녀의 어깨 위에 내려앉아 있었다.

짐작컨대, 분명 그녀는 70대를 코앞에 둔 시기일 것이건만, 여전히 30대의 외모를 품고 있었다.

이는 밤의 여왕이 지닌 연공법의 특징으로써, 오랜 세월 저 같은 젊음과 청춘을 유지하게 될 터였다.

물론, 그녀도 나이가 나이인 까닭에, 과거에 비해 조금은 나이가 든 느낌이 있기는 했지만, 이는 30대 초반에서 겨우 중후반으로 넘어간 정도의 수준일 뿐이었다.

하지만 루드말 개인의 입장에서 본다면, 과거와 크게 다를 것 없다고 여겼다. 그의 나이 때문일까? 오히려 전보다 더욱 젊게 보일 정도였다.

그래서일까?

'…여전히 젊군. 젊어.'

왠지 모르게 감회가 새로웠다.

가두고 눌러두었던 옛 추억들이 떠오르며, 식어버렸던 마지막 청춘의 불씨를 크게 일으키던 시절이 생각났다.

황당하게도 그녀는 그의 '첫사랑' 이었다.

비록, 그 만남의 시기가 40대에 이뤄졌다고는 하나, 분명한 건 루드말에게 있어서 체넨의 존재는 청춘 마지막

한 페이지를 장식할 가장 자극적인 문구일 터였다.

생각해보면 그랬다.

드라필만에서 태어나 재능이 뛰어났기에 후계자가 되었고, 부친의 건강이 악화되어 일찌감치 가주의 자리를 물려받았다.

어쩔 수 없이 한 건 아니지만, 해야 할 일이기에 행했다.

거기에는 사랑 역시 마찬가지였다.

누구 하나 제대로 마음에 품었던 적이 없었다. 가주에 올랐고 후계가 필요했으며, 가문의 의견을 통합할 필요성이 있던 까닭에, 정치적인 목적에서 부인을 두었고 후계를 봤다.

스스로 자유분방한 성격이라는 걸 알지만, 가문의 후계로써 그렇게 배우고 자라왔고, 거기에 더해 일찌감치 막중한 책임감을 떠맡았던 까닭에, 해야 할 일을 하는데 주저함을 두지 않았다.

물론, 그렇다고 해서 차갑고 딱딱한 삶을 지낸 건 아니었다.

부인들을 위했고 아이들을 아꼈으며 가문을 살펴왔다. 상황이 어찌되었건 선택은 그의 것이었고, 거기에 충실할 줄도 알았다.

그런 의미에서 그녀는 그에게 있어 '주저함' 이며 '갈등' 그 자체였다.

부인들이 들었더라면 경기를 일으킬 소리이겠지만, 그는 그녀를 만나는 순간, 거짓말처럼 첫 눈에 빠져들었다. 말 그대로 '순간' 이며 '찰나' 였다.

때문에 갈등했고 주저했다.

그리고 선택했고 절망했다.

'…아주 호되게 차였지.'

당연하게도 여왕은 한 눈에 그의 정체를 알아봤다.

부인을 여럿 두고 아이들까지 있는 유부남의 고백에 버럭 성질을 내며 판이 벌어졌다.

'후….'

루드말과 마찬가지로 체넨 역시도 과거를 떠올리며 한숨을 내쉬었다.

그의 고백에 화를 내며 격전을 벌였던 게 기억났다.

무시하고 넘어가도 됐을 것이나, 굳이 그렇게 불같은 화를 내야만 했던 이유가 무엇일까?

그녀 역시도 그와 같은 마음이었던 까닭이었다.

[가문을 버릴 수 있겠어?]

격전이 벌어지기 전, 그녀가 던졌던 질문이었다.

[달빛 세상을 떠날 수 있나?]

그는 대답 대신 물음으로 응수했다.

서로가 물러설 수 없는 위치였고, 결국 맞물리지 못한 감정은 어긋나 마찰을 일으키고 파국에 이르렀다.

짧은 인사말 대신 서로를 향해 칼을 던졌고, 상처를 새겨 넣었다. 깊고 또 깊게 서로에게 각인을 새겨 넣었다.

짧은 만남이었지만, 그 누구보다 강렬하고 인상적이었으며, 자극적이기까지 한 시간이었다.

"오랜만이야."

그 말과 함께 루드말이 다가갔고,

"오랜만이네."

대답과 함께 그녀가 자리에서 일어났다.

그들 두 남녀의 분위기가 심상찮아 보인 까닭일까? 에던이 슬그머니 발을 빼며 여동생의 곁으로 다가갔다.

"…옥수수 같은 건 없나?"

왠지, 입이 심심해지는 느낌에 혼잣말처럼 그리 중얼거렸고, 제니스가 오랜만에 마주하는 오라비에게 슬쩍 감자를 건네주었다.

그 곁으로 레일라와 셰릴도 붙었다. 에던이 급히 수비를 해 보지만, 그녀들의 팔꿈치가 양측 옆구리를 동시에 파고들며 그의 방어력을 0으로 만들었다.

그리고는 유유히 간식거리를 나눠갔다. 헌데, 그 손의 숫자가 어째서인지 셋이었다.

'끄응….'

마지막 손의 정체를 확인한 에던의 표정이 와락 구겨졌다.

히죽!

어느새 그들 사이에 끼어든 헤일러가 특유의 미소를 지어보이더니, 이내 감자를 입안에 넣고 오물거렸다.

그렇게 한쪽에 모여 간식거리를 정겹게 나눠먹는 한편, 루드말과 체넨의 황혼 로맨스를 기대하며 동공을 반짝이고 있을 때였다.

'…어라?'

어째서인지 급속도로 공기가 냉각되기 시작했다.

왠지 모를 분홍빛 기류가 흐르는 것 같던 연무장이건만, 눈 깜짝할 사이에 서릿발 같은 한기가 내려앉고 있었다.

"이 망할 년!"

"이 망할 놈!"

그리고 터져 나오는 짜릿한 일갈과 함께 그들 두 남녀의 불가해한 치정싸움이 시작되었다.

❖ ✣ ❖

두 정점의 만남.

그것은 실로 극에 달한 우연의 결과물이나 다를 게 없었다.

드라필말과 레드문!

아는 이들은 다 알고 인정하는 이들은 전부 인정하는 세력의 수장들이지만, 서로 사는 세계가 달랐던 까닭인지 그들이 마주하기란 하늘의 별을 따는 것만큼 어려웠다.

하지만 별을 이미 품어버린 존재들의 행보였던 까닭일까?

그들 두 세력의 수장은 만났고 또 격돌했다.

[임무!]

각자가 작전을 수행하던 중이었고, 절묘하게 그들 두 세력과 두 수장이 교차되는 지점이 있었다.

초월자가 움직여야 할 일은 극히 드물지만, 그렇다고 해서 그들의 엉덩이가 무거운 건 아니었다. 초인이기에 가능한 임무들이 있었고, 그 같은 일에는 언제나 앞장서고는 했다.

물론, 대부분의 초인이 그런 자세를 유지하는 건 아니지만, 적어도 그들 드라필만과 레드문의 수장들은 항시 그 같은 태도를 지켜왔다.

당연하게도 이 때문에 함정이라 할 만한 상황에 빠지는 경우도 있었지만, 오히려 이런 상황까지 염두에 둔 채 움직이는 까닭에, 역으로 주도권을 빼어오는 경우도 적지 않았다.

그런 의미에서 그들 두 세력의 주인들이 마주했을 때, 그들은 '함정'을 떠올렸고, 주도권을 의식했으며, 자연스럽게 날을 세우기에 이르렀다.

첫 만남부터 이미 거칠고 과격하게 시작된 인연인 것이다.

그래서일까?

"망할 년, 뒈지지 않고 살아있었네?"

"썩을 놈, 대가리 빈 것 봐라. 관리 안 하냐?"

그들 두 남녀의 대화는 그야말로 자극 그 자체였다.

"아직도 가주라면서? 허리 꼬부라지기 전에 은퇴나 할 것이지, 쳐 먹을 게 뭐가 더 남았다고 아직까지 그러고 있냐. 얼추 40년은 해먹은 것 같은데, 어지간하면 적당히 하고 내려와라."

체넨은 아주 강렬하게 루드말을 몰아쳤다.

"듣자하니 몇 해 전에는 젊은 년도 얻으려고 했다던데, 어째 아직 제대로 서기는 하니?"

과거, 말룬 자작가와 관련되었던 사건으로써, 그가 아닌 아들들과 연결시켜주려던 게 기본 계획이었다고는 하나, 어찌 되었건 이런 사건에 가문의 주인이 언급되는 건 필수이니 만큼, 이 정도 소문이 도는 건 이상하지 않았다.

비록 은퇴했다고는 하나, 한때나마 밤의 여왕으로써 레드문의 정보를 총괄하던 위치에 있던 만큼, 그녀가 지닌 정보력은 만만치가 않았다.

당연하게도 은퇴한 여왕에게 정보력이 집중될 일은 없지만, 그래도 조언자로써 은퇴 이후에도 한 발 정도는 걸치고 사는 게 기존 여왕들의 노후 생활이었다.

그런 만큼, 루드말은 점차적으로 그녀의 정보력에 밀려 말문이 막히고 입술이 달라붙는 경험을 할 수밖에 없었다.

"끄응…."

앓는 소리가 절로 나왔다.

생각해보면 과거에도 지금과 크게 다르지 않았던 게 기억났다.

당시에는 드라필만의 위치가 지금처럼 압도적으로 높지 않았던 만큼, 더더욱 정보력에서 부족함이 있었고, 일단 말다툼으로 이어지면 필패라는 결과를 내어놓을 수밖에 없었다.

루드말의 침묵이 길어지자 체넨 역시도 쏘아붙이는 걸 거두며 호흡을 정리했다.

오랜 세월을 건너 만나는 것이지만, 잠깐의 마찰로 인해서인지 그간의 거리감을 한 번에 확 줄어드는 걸 느꼈다.

어쩌면 둘 다 그런 의도로 분위기를 일그러트리고 막말을 쏟아냈던 걸지도 몰랐다.

하지만,

그렇게 쏘아대다 보니, 정말로 기분이 나빠져 버렸고, 서늘한 한기는 더 이상 거짓이 아니게 되어 있었다.

스릉…

루드말이 검을 뽑고, 체넨이 자세를 잡았다.

그와 동시에 전장의 무게가 연무장에 내려앉았다.

"흘… 아직 청춘인 모양이야."

순간, 한 줄기 음성이 그들 사이로 끼어들며, 묵직한 분위기를 환기시키듯 날려 보냈다.

'헛….'

루드말이 깜짝 놀란 얼굴로 한 걸음 물러났고, 체넨은 자세를 풀며 정중히 예를 갖췄다.

어느새 그들 사이로 내려선 헤일러의 모습이 보였다.

"거기까지만 하세나. 이곳 검술원은 보이는 것처럼 튼튼하지 못해서, 자네들 손짓 한 번에 무너져버릴 게야."

그 말과 함께 헤일러가 너털웃음을 흘리지만, 그 가벼워 보이는 모습과 달리, 루드말은 웃음소리가 묵직하게 어깨를 짓누른다는 느낌을 받았다.

'…누구냐?'

인지하기 전에 간격을 허락했고, 깨달았을 때는 이미 그들 사이에 발을 들이고 있었다.

'이 괴물은… 대체?'

그나마 다행이라고 해야 한다면, 앞서 에던과의 만남을 통해 경계의 너머를 한 차례 경험을 했던 덕분인지, 정신을 수습하는 건 생각보다 오래 걸리지 않았다.

'하! 무슨 검술원이….'

루드말은 에던과 오랜만에 마주하던 자리에서 그대로 검을 뽑았고 달려들었다. 에던 역시도 거부하지 않고 마주 검을 뽑었다.

에던에게 있어서 루드말은 처음으로 마주했던 초월자이며, 그의 인생에 있어서는 나름 분기점이라 할 만한 존재였던 만큼, 그를 통해서 다시 한 번 변화를 확인하는 것도 나쁘지 않다고 여긴 까닭이었다.

그리고 이 당시의 경험을 통해 루드말은 한 차례 별빛 너머의 세상을 경험할 수 있었다.

충격이라면 충격이겠으나, 서로에게 칼끝을 세우고 상처를 새기며 직접 몸으로 겪었던 까닭인지, 당시에도 놀라기는 하되 그 통증이 길지는 않았었다.

그리고 이 같은 기억으로 인해 헤일러의 존재로 인한 충격에서도 좀 더 빠르게 헤쳐 나올 수 있었고, 그로 인해 주변을 돌아보는 여유도 지닐 수 있었다.

루드말은 새삼스런 얼굴로 에던을 돌아봤고, 뒤이어 지금 이곳에 있는 이들을 하나하나 눈에 담았다.

총 일곱의 인원이 있었지만, 그들 중 그가 제대로 인지할 수 있었던 건, 에던의 곁에 있는 여인 한 명 뿐이었다.

나머지 여섯은 그의 감각에서 벗어난 존재들이었고, 그것이 의미하는 건 아주 간단했다.

[초월자!]

저들 여섯이 전부 별의 주인들이라는 점이었다.

게다가 에던의 경우에는 그마저도 넘어서 있는 것으로 여겨졌고, 조금 전 경험을 통해 봤을 때, 눈앞의 노인 역시도 다르지 않다고 생각되었다.

이런 특별한 이들이 한 자리에 모여 있었다.

'허… 정말, 말도 안 되는군.'

저들의 전력을 하나하나 헤아리고 나자, 자연스레 전율이 일었다.

"다녀왔습니다~!"

그 순간 검술원의 입구가 열리며 새로운 인물이 등장했고,

존재를 확인하는 순간 루드말은 다시금 헛웃음을 터트릴 수 밖에 없었다.

[프레이 에클라우!]

그의 감각을 흐리는 존재가 한 명 추가된 까닭이었다.

'허….'

충격에 면역이 되어가는 느낌이 이런 것일까?

어색하게 올라간 입 꼬리는 쉬이 내려올 줄을 몰랐다.

❖ ✣ ❖

체넨과 루드말!

세상에는 알려지지 않았지만, 헤일러는 그들 두 남녀 모두와 인연이 있었다.

체넨의 경우에는 레드문과 몽크의 관계로 인해 맺어진 것으로써, 직접적이며 또한 그 깊이도 남다른 인연이었다.

루드말도 그와 비슷했다.

물론, 그 본인이야 모르고 있는 듯 보였지만, 이 부분은 어쩔 수 없다고 여겼다.

'워낙 어릴 때였으니. 흘….'

게다가 생각해보면 직접적인 부분이 생각보다 미흡한 것 같기도 했다. 사실, 루드말과 개인적인 인연이 아닌, 좀 더 정확히는 전전대의 드라필만 공작, 루드말의 조부와 맺어진 인연인 까닭이었다.

지금이야 나이도 나이거니와 위치도 있는 탓에, 세상에서 한 걸음이 아니라, 아예 두어 걸음 이상을 훌쩍 물러나 있는 상태이지만, 당시에는 그 역시 아직은 전성기며 나름 청춘이라 할 수 있던 시절이었다.

전전대의 드라필만 공작과 만났던 건, 그 같은 청춘의 흔적으로 인한 인연이었다.

그 같은 인연의 한 갈래로 루드말이 태어나던 당시에도 그 자리에 함께 할 수 있었다. 그가 몽크의 일원이라는 걸 알았기에, 루드말의 신체를 검사해달라는 의뢰를 받은 것이다.

명문 검가인 드라필만에서 그 정도도 못하겠느냐 싶겠지만, 이는 잘 모르는 소리였다.

평생을 그 육신에 대한 연구를 거듭하며 고행을 쌓아올리는 이들이 바로 몽크였다.

그 어떤 검가도 그 어떤 마탑도 감히 그들 몽크 앞에서는 육신에 대한 이해도를 자부하기가 어려운 것이다.

그뿐만이 아니었다.

몽크의 공부 중에는 아이들의 성장에 도움이 될 수 있는 비전도 몇몇 있었다.

전전대의 드라필만 공작은 이 같은 부분을 기대하며 헤일러를 초청했고, 작게나마 그 비슷한 전수가 이뤄지기도 했었다.

물론, 루드말 본인의 잠재력이 워낙 좋았던 까닭에, 그저

'약간' 의 도움 정도일 뿐이었지만, 루드말의 조부는 그 정도로도 충분히 만족하며 감사를 표했었다.

당연하게도 이 같은 이야기는 외부로 알려지지 않았다.

폐쇄적 집단이라 할 수 있는 몽크들의 전통을 아는 까닭에, 루드말의 조부가 의도적으로 이 부분을 통제하고 지워버린 것이다.

이는 헤일러가 부탁했던 부분이기도 했다

[자네와의 인연 때문에 비전을 전하는 것이지만, 사실 이거 불법이라서. 꼭, 비밀 지켜야 되네.]

물론, 알려진다고 해서 큰 문제가 발생하는 건 아니지만, 귀찮은 상황 정도는 감수할 수밖에 없을 터였다.

체넨과 루드말!

그들 두 남녀는 결국 그의 직간접적 가르침을 받은 것과 같았다.

'흠… 인연인가.'

어쩌다가 저 둘이 엮이게 되었는지, 그 이유를 자세히는 모르지만, 과거 체넨이 루드말로 인해 상처를 입었던 건 기억하고 있었다.

'그러고 보니… 본격적으로 제자를 키우기 시작했던 것도 그 즈음이었던 것 같은데.'

아이들에게로 생각이 넘어간 까닭일까?

자연스레 세릴에게로 눈길이 향했고, 뒤이어 레일라에게로 시선이 건너갔다.

저들 두 남녀의 인연도 묘하지만, 그들의 아이들이 엮인 인연도 실로 기묘하다는 생각이 들었다.

'허헛! 2대가 복잡하게 얽혔군.'

거기까지 생각하던 헤일러가 슬쩍 제니스의 옆자리를 바라봤다.

어느 틈에 사라진 건지, 여동생 곁에 딱 붙어 있던 에던의 모습이 보이질 않았다.

❖ ✣ ❖

루드말과 체넨의 분위기가 급속도로 냉각되면서, 그들 두 초월자들이 불순한 공기를 퍼트리기 시작할 즈음, 에던은 바짝 긴장한 모습으로 여동생의 곁을 지켜야만 했다.

만에 하나의 사태를 대비하기 위함이며, 동시에 그들의 격돌로 인해 발생할 2차적 피해에 대한 우려로 긴장하지 않을 수가 없었다.

그리고 상황이 진정되자마자 즉각 신형을 날려 바깥으로 달려야만 했다. 2차적 피해를 확인하기 위함이었다.

사신 운트가 머물렀던 검술원이라는 이유만으로, 여전히 암전의 시선은 이곳을 응시하고 있었다.

물론, 그저 지나쳐간 정도라는 결론에 최소한의 요원만 남겨놓은 상황이었지만, 어쨌든 검술원을 시야에 담아두고 있다는 게 중요했다.

에던이 주시하는 건, 검술원 주변에 숨어있는 암전의 요원이었다.

초월자들의 격돌은 결국 무산되었지만, 잠시 잠깐 비쳤던 그들의 기세가 바깥으로 넘쳐버렸을까 우려한 것이다.

만약, 지켜보고 있던 요원의 감각이 예민하거나, 그 경지가 일정영역을 넘어선 수준이라면, 분명 그 기세를 인지했을 확률이 높았고, 당연하게도 이를 통해서 검술원에 대한 의문을 품게 될 수도 있었다.

때문에 바삐 움직여, 요원의 상태를 세심히 살펴야만 했다. 당연하게도 몸을 숨긴 채 관찰하는 중이었다.

'…들켰으려나?'

아직 자리를 지키고 있는 요원의 모습에서, 들키진 않은 것 같았지만, 뭔가 느껴지는 건 있는 모양인 듯, 연신 고개를 갸우뚱거리고 있는 게 보였다.

'어쩐다….'

잠시 고민하던 찰나, 요원이 표정을 굳히는가 싶더니 움직이기 시작했다.

에던이 은밀히 그 뒤를 따랐다.

❖ ✣ ❖

그야말로 등골이 오싹해지는 감각이었다.

'사신, 운트!'

델론은 전율을 느끼며 주먹을 불끈 쥐었다.

비록, 그 본연의 실력은 뛰어나지 않으나, 정보원으로써의 능력은 제법 출중하다 자부했다.

합당한 실력이 되는 까닭에 관리관의 역할을 맡고 있는 것이기도 했다. 그리고 이 같은 이유로 지금 이 느낌이 초월적인 존재에게서 뿜어져 나오는 기세라는 걸 직감할 수 있었다.

'이곳이었구나!'

갑작스럽게 사라진 사신이 저 허름한 검술원에 숨어있었다는 걸 깨달았다.

물론, 그가 사신이 아닐 수도 있다는 생각도 잠시 들었으나, 저 허름한 검술원에 또 다른 별빛이 찾아와 머문다는 것도 이상하다는 생각과 함께, 사신에 대한 확신을 크게 키웠다.

거점으로 달려가 상부에 보고를 올려야했다.

'여기서 이렇게 한 방이 터지는구나!'

굳이 관리 역할인 그가 직접 움직인 보람이 있었다.

생각해보면 암전 전체적으로 봤을 때, 페른 자작령은 그 중요도가 그리 높지 않은 영지였다.

사신과의 인연으로 인해, 저곳 검술원이 잠시 잠깐 반짝하면서, 암전의 요원들이 몰려들던 시기가 있었지만, 이렇다 할 영양가가 없던 까닭에, 결국 지금처럼 소규모의 요원만 남아서 감시임무를 수행하고 있을 뿐이었다.

그런 이유로 인해, 이곳의 요원들은 미래가 없다는 소리 마저 나오고는 했었다.

델론도 그 같은 생각을 하고 있었던 까닭에, 작게나마 불만이 있을 수밖에 없었다.

그도 나름 욕심이라는 게 있었고, 더 높은 지위를 향해 도약하고 싶은 마음도 적지 않았던 까닭이었다.

그나마 이 같은 마음과 상반되게 안전을 제일로 추구하는 그의 철칙으로 인해, 그 불만들을 이리저리 잠재울 수는 있었다.

하지만 분명한 건 여전히 위를 노린다는 것이고, 지금 터져 나온 이 오싹한 감각은 그의 바람을 충족시켜 주기에 충분한 '정보'를 품고 있다는 점이었다.

'…침착하자!'

일단 호흡을 골랐다.

맘 같아서는 당장 거점으로 달려가 보고를 올리고 싶었지만, 지금은 숨을 고르며 감정과 표정을 가다듬어야 할 때였다.

[초월자!]

암전뿐만 아니라 수많은 단체의 요원들은 기본적으로 초월자에 대한 공부를 한다.

자세한 걸 배우고 익히지는 못하나, 그들이 얼마나 무섭고 또 얼마나 대단하면 어느 정도로 괴물인지에 대해 가르침을 받는 것이다.

각 단체에 따라 그 기준점이나 깊이가 다른데, 이는 그들이 지닌 정보량에 따라서 결정되는 까닭이었다.

그런 의미에서 대륙적 단체인 암전의 경우에는 초월자에 대한 정보가 제법 상세히 적혀있었고, 가르침에도 남다른 깊이가 있었다.

델론은 그 같은 배움을 떠올리며, 지금 최우선이 되어야 할 건 보고가 아닌 침묵이라는 걸 깨달았다.

[초월자의 감각은 인간의 것과 다르다!]

몬스터 중에서도 유난히 육감이 발달되어 있는 특수종들과 비교해도 부족함이 없다고 배웠다.

어찌 보면 당연한 부분이었다.

그들에게 붙은 '초월' 이란 단어가 무엇을 의미하겠는가.

'…인간의 영역을 넘어섰다는 뜻이니까.'

때문에 지금은 숨을 죽이고 침묵해야 한다.

'정말 저곳에 사신이 있다면, 이미 내 존재도 알고 있을테지.'

별들의 감각이라면 충분히 요원들을 파악하고, 거기에 더해 세세한 움직임까지 감지하고 있을 확률이 높았다.

만약, 그가 바삐 거점으로 향한다면, 저들의 경각심을 일깨울 수도 있었다.

'게다가… 내 목숨도 위험할지도 모르지.'

어쩌면 지금 이 순간, 그의 등 뒤로 사신의 그림자가 뻗어있을지도 몰랐다. 두려운 마음과 서늘한 예감이 등허리를 타고 오르며, 자꾸만 숨통을 죄어왔지만, 애써 침착함을 유지한 채 호흡을 조절하고 평정을 연기했다.

'안쪽 상황을 좀 더 제대로 살필 수 있으면 좋을 텐데.'

그러기에는 위치가 좋지 않았다.

검술원이 세워진 장소가 빈민가였던 까닭인지, 주변에 이렇다 할 높은 건물들이 없었고, 그런 이유로 검술원 안을 살피기가 어려웠다.

뿐만 아니라 검술원도 개방형이 아닌, 건물 형식으로 되어있는 만큼, 더더욱 내부의 분위기라던가 변화를 잡아내기가 힘들 수밖에 없었다.

정보원으로써 그간 이곳에서 보내온 일상들을 고스란히 떠올리고 또 연기하며, 그렇게 자리를 지키고 침묵하다 시간에 맞춰 발길을 돌렸다.

그 순간 짧은 갈등이 일었다.

'…거점으로?'

다른 곳으로 향해야 하지 않을까?

하지만 상대가 정말 사신이라면 이런 갈등은 무의미했다. 철저히 일상을 연기하는 게 최선이었다.

그 와중에 작은 '변화'를 새겨 넣음으로써, 정보원으로써의 의무를 다할 생각이었다.

❖ ✣ ❖

[마법!]

진리의 문턱을 넘기 위한 공부로써, 그야말로 환상과도 같은 학문이었다.

그래서인지 언제나 기적과도 같은 신비가 그 곁을 함께 하고 있었는데, 허공중에 불을 일으키거나 마른하늘에 날벼락을 떨어트리는 등, 그야말로 대자연의 이치 일부를 끌어다 쓰는 것 같은 이능들이 마법이라는 학문 안에 한 가득 담겨져 있었다.

[통신마법!]

그 같은 이치의 편린을 가장 보편적으로 정립해놓은 마도의 결정체 중 하나로써, 아득할 정도의 거리를 넘어 단번에 대화를 나눌 수 있는 수단이기도 했다.

당연하게도 마도의 결정체라 불리는 만큼, 그 값이 만만치는 않았지만, 수많은 왕국과 세력들은 주저 없이 마도의 결정에 손을 대고 값을 치렀다.

대다수의 왕국 및 세력들이 정보전이 중요성을 알기에, 통신마법의 값어치가 보이는 것 이상이라고 여긴 것이다.

이후 많은 왕국과 세력들이 개입하여, 다양한 관점에서 발전 및 개발하며 꾸준히 그 완성도를 높여왔다.

그리고 지금에 이르러서는 이 같은 통신마법을 수준별로 분류하기에 이르렀는데, 이를 간단히 설명하자면 총 세

단계로 나눌 수 있었다.

편한 방식으로 하급, 중급, 상급이라고 정의하고는 했다.

'너무 대충인 것 같지만… 원래 마법사라는 놈들이 조금 그런 경향이 있으니까.'

그 안에 담긴 이치가 중요하지, 껍데기에 중요한 것이 아니었다.

하급의 경우에는 간단한 문자 몇 마디 정도만 나눌 수 있는데, 일반적인 마법사들의 영역이라 할 수 있었다.

그 위의 중급은 직접적으로 음성을 나누는 게 가능한 것으로써, 5서클에 이른 고위 마법사들의 영역이었다.

마지막으로 상급의 통신마법은 음성뿐만 아니라 직접적인 영상까지 보면서 대화를 하는 것으로써, 6서클에 이른 대마법사들의 관리가 필요한 마법이었다.

'그리고….'

여기에 별도로 하나를 더 추가한다면, 하급으로도 분류되지 않는 '논외' 급의 통신마법을 언급할 수 있는데, 그 세력 규모가 작은 정보단체들이 '간혹' 사용하는 '최' 하급의 통신마법이 있었다.

그건 그야말로 마도구로도 취급되기 어려운 수준으로써, 굳이 그 수준을 분류하자면 수련 마법사들의 영역이라고 평가하고는 했다.

그 이유를 꼽자면 문자는커녕 간단한 진동 정도만 전하는 게 전부인 까닭에, 이를 '통신'이라고 하기가 어렵다는 것이다.

물론, 그렇다고 해서 이를 마냥 무시한 건 아니었다.

개발의 초기 무렵에는 각 단체에서 이러한 진동의 세기를 조절하여 적절한 신호를 만들어 사용하고는 했다.

'하지만….'

통신 거리에 따라서 진동량의 차이가 생기는 까닭에, 극히 단편적인 통신밖에 할 수 없다는 단점이 부각되기만 할 뿐이었다.

'…어지간한 이유가 아니면 사용되지 않는 게 '최' 하급의 통신마법이지.'

결국 지금에 와서는 사장되다시피 하며 철저히 논외로 치는 통신마법이기도 했다.

어찌 되었건 이 '논외' 급을 제외한다면, 일반적으로 정보단체의 요원들이 사용하는 통신마법은 가장 낮은 하급이었는데, 이는 정보원으로써의 기본에 가장 합당한 까닭에 그 급수에 관계없이 우선적으로 선택되는 경우가 많았다.

그 내용을 암호화시키기에 적당한 문자형식이라는 점, 거기에 더해 최하급의 통신마법과 달리 전달 도중에 변질의 가능성도 적다는 부분, 마지막으로 가격적인 부담이 적다는 게 결정적이었다.

"확실히 가격대비 효율이 최고기는 하지."

물론, 하급부터는 철저히 '마도구' 로 분류되는데다가, 통신과 관련된 마도구인 만큼, 그 값이 결코 가벼운 편은 아니지만, 하나의 단체 및 세력을 꾸리는 입장에서는 충분히 감당할 수 있는 수준이었다.

이러한 암호화가 중요한 이유를 굳이 들라고 한다면, 통신마법의 수식 및 좌표의 혼선을 통해 통신을 엿듣게 되는 상황이 생기는데, 이 같은 상황이 발생하더라도 정보의 유출을 막기 위해서 암호화를 하는 것이었다.

그런 의미에서 암전의 요원들 역시 이 같은 하급 통신마법을 사용하고 있었고, 거기에 암호화는 기본으로 섞여있었다.

'당연히!'

레드문은 철저히 그들의 통신마법을 엿듣기 위한 준비가 된 상태였고, 저들의 통신을 수시로 훔쳐듣고 있었다.

뿐만 아니라 레드문의 실력자들이 직접 나서서, 저들 통신에 대한 통제권까지 가져온 상황이었다.

이는 즉,

암전의 요원들이 보내는 통신들을 강제적으로 거둬들일 수도 있다는 의미이기도 했다.

에던은 그 같은 통제권을 이용해 암전의 통신을 훔쳤다.

"흠…."

암호화되어 있었지만 대략적인 흐름 정도는 읽어낼 수 있었다.

과거, 암전의 사냥개를 지원하던 몰이꾼으로 활동하던 당시, 그가 외우고 익혔던 신호 및 암호체계로 인해, 그 역시 정보원으로써의 기본이 되어있는 까닭이었다.

심지어 그의 경우에는 제법 머리가 돌아가는 측으로 분류되어, 최하급의 통신마법을 위한 신호도 공부했었다. 간단한 진동 정도라지만, 이를 통해서 사냥감의 도주방향 정도는 전달할 수 있는 까닭이었다.

'뭐… 거리제한만 없으면, 확실히 가격대비 효율은 그게 최고기는 하지.'

게다가 수시로 저들 암전의 통신을 훔쳐봤던 것 역시 도움이 됐다.

통신 내용을 읽고 암호를 해독하는 에던의 입 꼬리가 살짝 올라갔다. 하지만 그에 반해서 눈빛은 더없이 그 온도를 낮춰가고 있었다.

"어디서 개수작을…."

훔친 내용에는 언제나와 다를 것 없는 일상적인 보고가 적혀있었다.

그러나 에던은 그 내용을 전부 해석하기 전에 이미 문제점을 읽어버렸다.

아주 간단한 것이었고, 별 것 아닌 변화였다.

[작성자, 내용, 날짜!]

그간 사용되었던 통신 순서였다.

[날짜, 내용, 작성자!]

그리고 이게 오늘 사용된 순서였다.

정말 별 것 아니었다.

암호 및 내용에서는 특이점이 없었다. 그런 만큼 더더욱 별 생각 없이 지나칠 수 있는 부분이었고, 암호화된 내용을 생각해 본다면, 전후의 위치 정도는 크게 신경 쓸 정도까진 아니었다. 요원들이라 하더라도 이 부분에 집중하지는 않을 것이다.

하지만 에던은 이미 요원의 행동을 의심하고 있었다.

'딱히, 이상한 건 없지만.'

느낌이 좋지 않다는 게 그로 하여금 뒤를 따르게 했고, 레드문을 이용해 정보를 훔치게 만들었다.

실로 작은 변화였지만 에던은 이를 통해서 뒤따랐던 요원이 이미 그의 존재를 짐작하고 있음을 알았다.

때문에 주저 없이 암전의 요원 앞으로 모습을 드러냈다.

"…으음…."

침묵 끝에 나직한 신음성 한 자락.

에던은 고개를 끄덕이며 요원을 바라봤다. 놀란 듯 보이지만 더없이 침착한 눈빛에서, 그의 추측이 들어맞았음을 깨달았다.

눈앞의 요원은 검술원에서 잠시잠깐 피어났던 기세를 읽었고, 에던이 존재를 의식하며 '연기'를 해 왔던 것이다.

단지, 저 표정 한편에 떠오르는 당혹감에서 그의 등장까지는 예측하지 못했음을 알 수 있었다.

실제로 델론은 에던의 등장까지는 상상하지 못했었다.

'들킨 건가….'

그런 이유로 당황했지만, 순식간에 상황을 파악하며 감정을 다스릴 수 있었다.

통신 속에 섞어놓은 이상점이 들켰음을 알았고, 거기에 더해 통신을 통제 당했을 확률이 높다는 부분까지 생각이 뻗어갔다.

통제권의 주인이 누구인지는 생각할 것도 없었다.

'으음… 레드문.'

조심 또 조심하며 주의를 기울이고, 그러면서도 세심하게 상황을 조절했고, 아주 미세한 변화만 새겨 넣었을 뿐이었다.

그럼에도 불구하고 들켜버렸다.

'젠장!'

눈앞의 사내를 바라봤다.

암전에서 전달받은 사신의 외형과는 여러모로 차이가 많이 나는 사내였다.

얼굴 및 분위기 그리고 체형까지.

하지만 사내가 '사신' 이며 '마왕' 이라는 걸 깨닫는 건 그리 오랜 시간이 걸리지 않았다.

절망감이 어깨를 짓눌렀다.

표정을 감추고 마음을 다스리며 연극 연기를 해 보려 하지만, 흔들리는 눈빛까지는 조절하기가 어려웠다.

'실수했어!'

크게 한방이라는 욕심으로 인해, 안전이 제일이라는 걸 잠시 망각해버렸다. 그리고 보다시피 최악의 결과가 그를 찾아왔다.

죽음이 목젖을 스쳐가는 걸 느꼈다.

'살려달라고 빌어볼까?'

'그냥 모르쇠로 밀어붙여?'

'울고 짜고 해 봐?'

많은 생각들이 머릿속을 맴돌았다. 개중에는 조금이라도 생각을 밝게 만들어 표정을 풀기 위한 내용들도 있었지만, 시간이 흐를수록 얼굴은 굳어갔고, 감정은 표면위로 모습을 드리우기 시작했다.

그 흔들림이 눈빛을 벗어나 온몸으로 번져가며 손끝과 발끝에 옅은 떨림을 일으킬 즈음, 사신이 입을 열었다.

"맘에 든다. 너 나랑 일 안할래?"

그리고 마왕의 유혹이 시작되었다.

〈9권에 계속〉